あの頃、きみと陽だまりで

夏雪なつめ

STARTS
スターツ出版株式会社

ゆっくりでいい。
立ち止まってもいい。

顔を上げれば希望があること、
君が、教えてくれた。
それは、一週間のあたたかな日々。
陽だまりの中、君という花が咲く。

目次

あの頃、きみと陽だまりで

第一章　脱ぎ捨てた制服

――カンカンカンカン……。

夢の中で、今日も踏切《ふみきり》が鳴る。

かん高い、耳の奥にまで響く音。点滅《てんめつ》する赤いランプ。

下りてくる、黒と黄色の遮断機《しゃだんき》。

それは、ずっと、ずっと、絶え間なく鳴り響く。

＊＊＊

今日もまた、夢を見た。あの日の、踏切の夢。

その景色を切り裂《さ》くようにそっと目をひらけば、目の前には真っ白な天井がある。

大きな窓を覆《おお》うように締《し》めきったカーテンの隙間《すきま》から漏《も》れる太陽の光に、今が何時くらいなのかをなんとなく把握《はあく》した。

……今日もまた、朝が来た。望まなくても当然に。

そのことに軽い絶望を感じながら、体を起こして壁の時計を見れば、時刻は十時二十九分を指していた。

「……喉《のど》、渇《かわ》いた」

小さくつぶやくとかすれた声が出て、自分が久しぶりに声を発したことに気づいた。

ボサボサの寝癖《ねぐせ》頭に、ラクな黒のパーカー姿で、せまい自分の部屋を出る。

足もとに落ちている、いつだったかに脱ぎ捨てたままの、汚い制服を足で踏みつけて——。

東京《とうきょう》・世田谷《せたがや》の住宅街の中心にある、白い外壁が目立つ十階建てのマンション。周辺は緑に囲まれ、敷地内には公園もあり、立派なエントランスホールも備《そな》わっている。

そんなマンションの九階にある、表札に【深津《ふかつ》】と書かれたわが家は、4LDKのそれなりにいい家。

けれど、広々とした明るいリビングに置かれた大きなソファやテレビなど、その家具の立派さが惨《みじ》めになるくらい、室内にはいつもひと気がない。

それはもちろん、今日も同じだ。

誰もいない静かな家で、私は冷蔵庫からお茶のペットボトルを手に取るとひと口飲み、雑《ざつ》に冷蔵庫に戻す。

そしてふたたび自分の部屋へと戻っていった。

シングルベッドと小さなテレビ、学習机、それらを置いただけでいっぱいになってしまうほどの小さな部屋。そこでテレビをつけると、またドサッとベッドに寝転がる。

『今日は十二月一日、木曜日。今日の東京は大変いいお天気で……』

騒《さわ》がしいテレビの音だけがひとりきりの部屋に響いた。

早起きのための目覚まし。

『おはよう』のメールをするためのスマホ。

学校へ行くための制服。

なにひとつ、いらない、これが私の日常だ。


深津なぎさ、十七歳。高校二年生の私は、世間一般でいう不登校というやつだ。学校に行かず、部屋に引きこもりテレビを見るだけの生活を、かれこれ四ヶ月以上続けている。

この部屋で寝て、起きて、食事をして、なんとなく時間を潰す。部屋を出るのはトイレとお風呂のときくらいだ。

ときどき、ほんのときどき外に出ることもある。けれど、噂《うわさ》好きな近所のおばさんたちの好奇の目が気になるから、基本的には出たくない。

こんな私を、叱《しか》る人はいない。医師の母と大学教授の父、忙しい両親は私のことを構《かま》うヒマもなく、今日もせっせと仕事に励《はげ》んでいるからだ。

昔からそう。ふたりにとっては仕事が一番で、家庭や子供なんかは二の次だ。

……まぁ、ふたりが帰ってきても顔を見たくなくて、私はこの部屋から出ることはないのだけれど。

高校二年生という将来に大きく関わる時期をこうして過ごす私は、当然もう授業にはついていけないし、出席日数もきっと足りない。本気で頑張って挽回《ばんかい》をすればどうにかなるのかもしれないと思う気持ちもある。けれど、なにをどうすればいいかわからないし、自分がどうありたいのかもわからない。

ただ今は、この現実から逃げていたい。

そんな気持ちばかりが頭の中をぐるぐるとめぐって、なにもできないまま日々時間をなんとなく過ごしている。

……今日も、日差しがうざい。

視界を照らす外の眩《まぶ》しさに、ベッドに横になったまま、またそっと目を閉じた。

太陽がのぼったかと思えば、あっという間に夜になり、こうして月日は流れていく。

私ひとりが、ここで立ち止まっている間にも。

寝て、起きて、ゴロゴロと過ごすうちに時計の針は十九時を指していた。

室内もすっかり暗くなり、テレビの明かりだけが目を刺激《しげき》する。

そろそろ電気をつけようかな。そう考えていると、自分の部屋のドアの向こうから、バタン、ガサガサ……と玄関のドアの音と買い物袋が揺れる物音が聞こえてきた。その音は、お母さんが帰ってきたことを知らせる音だ。

……ってことは、お父さんももうすぐ帰ってくるかな。

聞こえてくる生活音を遮《さえぎ》るように、私は布団《ふとん》を頭からかぶった。

すると続いて聞こえてきたのは、コンコン、と小さくドアをノックする音。

「……なぎさ？　ただいま、ごはんは食べた？」

「……もう食べた」

「そう……わかった」

閉じられたままのドアをはさんでの、短い会話。腫《は》れものに触れるようなその声が、チクリと胸に刺さった。

いつもならそれで終わるはずが、今日はどうしてか、ドアの前から去っていく音はしない。

なんだろう、とテレビを消してドアの外に耳を傾《かたむ》ける。

「……なぎさ、あのね。お母さんたちいろいろ考えたんだけど、このままじゃダメだと思うの」

すると、聞こえてきたのは、お母さんの小さな声。

このままじゃダメ？　だからなに？

「出てこい」、「学校へ行け」、そう言うつもりだろうか。

あの日から、お母さんは変わった。今まで私に興味なんて見せなかったくせに、今さらこちらの様子をうかがうような言い方をしたり、あれこれと声をかけてきたり……。どうにかして、〝普通の子〟に戻ってほしいのだろう。

……引きこもりの娘なんて、世間体《せけんてい》が悪いもんね。

その言葉の続きを想像しただけで、カッと感情がたかぶり、私は手もとにあった雑誌を思いきりドアに投げつけた。

加減することない力でドアにぶつかった雑誌はバシン！　と音をたて、床に落ちる。

うるさい、ほっといて、そう言うかのような音に、お母さんは続けようとした言葉を呑み込んだ。そしてしばらく黙《だま》ったあとに、「……ごめんね」とつぶやいて、スリッパを履いた足音は遠ざかっていった。

イライラするのは、『なにも知らないくせに』と思うせいか、『出てこい』と言われても仕方がないと後ろめたさを感じているせいか……自分の心がよくわからない。

そのうち、また玄関のドアの音がしたかと思えば、低い声が微《かす》かに聞こえてくる。

その音から今度はお父さんが帰ってきたことを察《さっ》した。

「なぎさは？　今日は話くらいはできたのか？」

「……ううん。もう私、どうしたらいいかわからない……」

薄いドアで仕切っただけのこの空間では、ふたりの声など聞きたくないと思っていても聞こえてきてしまう。

あきれたようなお父さんの声と、泣いているかのようなお母さんの声。そんなふたりの様子に胸はグッと締めつけられて、息が詰まりそうになる。

なんなの。普段は仕事ばかりで、私のことなんて気にも留めなかったくせに。

今さら、親気取りで、悩んだフリ？

そうやって私を思って悲しんでいるように言えば、また大人しく、〝普通の子〟に戻るって期待でもしてるの？

「……そうか。もう、ダメなのかもな」

込み上げる苛《いら》立ちの中、ぼそ、と聞こえてきたお父さんの低い声。あきらめたようなそのたったひと言がグサリと胸に突き刺さった。

──もう、ダメ。

完全に見限られた、そう感じた瞬間、自分の中にほんのかすかに灯《とも》っていたあかりが吹き消された気がした。

もともと自分のことを気にかけていないなんてわかっていた。それでも親子である以上完全に見限られることはないはずって、少し、ほんの少しだけ、期待をしていたのも事実。

だけど、そんなことなかったんだ。

あぁ、もういやだ。苦しい。呼吸がうまくできない。

頭をぐしゃぐしゃとかいて、ベッドの上で小さくうずくまる。叫びだしそうになるのをぐっとこらえるように、そのまま動きを止めた。

そして、ふたりがリビングに入り廊下から人の気配が消えた頃、私はふと思った。

……ここから、出よう。

この息苦しい世界から、今すぐ、去ろう。

その思いに突き動かされるように、衝動的《しょうどう》にベッドから下りた。

どうせ、私は変われない。あの日から、私の時間は止まったまま動きだすことはないのだから。

この現実と向き合う勇気も、変わる勇気もない。今の私の背中を押すのは、『逃げたい』という気持ちだけだ。

行き先なんて決めていない。格好《かっこう》なんてどうでもいい。財布だけ一応《いちおう》手にすると、スマホも持たず、立ち上がった。

私は黒のパーカーとデニムという姿で部屋を出ると、リビングにいるふたりには見つからないように、ひっそりと気配を消して真っ暗な玄関へ向かう。

そして夏前に買ったにもかかわらずまだ真新しいままのスニーカーに足を通した。

『さよなら』、心の中でそう小さくつぶやくと、声の代わりに玄関のドアの音がガチャンとかすかに響いた。

人目につかないよう、階段を使って一階まで下りてマンションを出ると、ビュウッと冷たい夜風が吹いた。

久しぶりの、外の匂い。冬になりだす、街の匂いだ。

マンションから少し行った先にある駅前の大きな通りは、クリスマスが今月末に迫っていることを知らせるように、イルミネーションや音楽で盛り上がっている。

眩しいくらいのにぎやかさから逃げるように、私は駅とは反対方向の薄暗い道路沿いをひとり歩いた。

この時間の家は、嫌いだ。ふたりが帰ってきて、自分の存在がいっきにいやなものに変わるから。

幼い頃からこの歳まで、仕事ばかりで私を構うことなどなかった両親。だけど私が不登校になって以来、ふたりの態度は少し変わった。

腫れものに触れるように、恐る恐る私の胸のうちを探るお母さん。自分からはいっさい関わることなく、お母さんを介《かい》して遠巻きに様子を見るだけのお父さん。

そんなふたりを見ていると、毎日学校にも行かずに部屋の中に閉じこもっているだけの自分がおかしいのだと、実感させられる。

……普通に学校に通って、普通に暮らす、〝普通の子〟でいてほしかったんだろうな。

その普通から外れてしまった私は、これからどうしていけばいいのだろう。どうやって、なんのために、なにを夢見て、生きていけばいい？

何時間、何日、何ヶ月と時間をかけて考えても、生きている意味は今日もわからないままだ。

「……なんで私、ここにいるんだろ」

ぼそ、とつぶやいたひとり言に返事など返ってくるわけもなく、微かな風に流されていくだけ。

そのまま行くあてもなくただふらふらと歩き続け、気づけば家からだいぶ離れた住宅街の片隅《かたすみ》まできていた。

片側一車線の小さな道路沿いの歩道を歩いていると、そこから横断歩道をはさんだ先の歩道に一匹の猫が見えた。

猫……野良《のら》猫かな？

明るい茶色にトラ模様《もよう》が入った猫。けれどよく見てみれば、その首には赤い首輪がついている。

首輪、ってことは飼い猫か。こんな時間にウロウロしてるなんて、散歩なのか迷子なのか……。

そう考えながらその猫を見ていると、猫は私を見つけてゆらりとしっぽを揺らした。そして引き寄せられるかのように、横断歩道をわたりこちらに歩いてくる。

頭上の信号は、ちゃんと車道が赤で歩行者が青。すごい、猫なのに人間みたいだ。

少し感心しながら、道路を渡る猫を見つめていると、車道の先からは車の音とライトが近づいてきた。

「あっ……！」

走ってくる車はひと気の少ない夜道だからと油断しているのだろうか、赤信号だということも構わず、猛スピードで向かってくる。きっと猫に気づいていないのだろう、スピードをゆるめる気配はまったくない。

大きなエンジン音と自分に向かってくる車の勢いに、猫は驚いたのか、ピタッと足を止めてしまった。

そういえば、猫は車が来ると動きが止まってしまうことがあるって聞いた。たとえ人間だって、あんな勢いで来られたらきっと驚いて固まってしまうだろう。

けど、あのままじゃひかれちゃう……！

咄嗟《とっさ》に込み上げる思いのまま、気づけば私は道路へと駆けだしていた。

その瞬間から、世界はいっきにスローモーションに感じられた。

「っ……危ない!!」

自分のものとは思えないくらい大きな声を張り上げ、目の前の猫を抱きしめる。

その瞬間、ライトの眩しさとけたたましいクラクションの音で、視覚と聴覚は埋め尽くされた。

強い明かりが、目をくらませる。それでも、ただ必死で猫を守らなければという使命感に駆られ、私は腕から猫を離すことはなかった。

痛みを感じる間もなく体が浮いて、視界がぐるぐると回る。

そして意識を手放したのち、次に感じたのは、固く冷たいコンクリートの感触だった。

「聞こえますか！　大丈夫ですかっ……」

救急車のサイレンと呼びかける声が、聞こえる。はい、と返事をしたいのに声は出なくて、体も動かなくて、目の前も真っ暗でなにも見えない。

だんだんと、自分の体が自分のものじゃなくなっていくのを感じる。

……私、死ぬのかな。きっと、死ぬんだろうな。

猫をかばって車にひかれるなんて、こんな終わり方想像してなかった。

けど、そっか……やっと終わる。今度こそ私は、ラクになれる。

安心感を覚えるはずなのに、頬《ほお》に涙が伝った気がした。

「お願い、彼女を助けて」

遠くなる意識の中、誰かの声がかすかに聞こえた。

「……い、おーい、大丈夫ですかー?」

呼びかける声と、ペチペチと頬を叩かれる感触に目が覚めた。

「……ん……」

「あ、よかった、生きてた」

目をひらけば、すぐ目の前には視界がいっぱいになるほど近い距離で私の顔を覗き込む男の人の姿があった。

えっ!?　この人、誰!?

驚きにすぐ目は覚めて、私はガバッと勢いよく体を起こす。

するとそこは先ほど私が歩いていた道で、目の前に横断歩道と信号があることから、ちょうど猫をかばって飛び出したあたりの場所だったことに気づいた。

私、さっき車にひかれて……全身が痛かったはず。

あれ、だけど体のどこにも怪我なんてしていないし、救急車もいない、ひいた車もいない。

一体なにがどうなって……?

「えっ……あれ!?　どうして私……ていうか誰、なんで……」

混乱して、疑問すらもうまく投げかけられない。

すると目の前にいる、私より少し年上に見える茶髪の彼は、丸い瞳を細めておかしそうに笑った。

「君、さっき車にぶつかりそうになって、ひとりで転んで気絶しちゃってたんだよ。車のほうは自分がひいたと思って逃げちゃったし……とりあえず俺のほうで君を歩道に避けて、目が覚めるのを待ってた、ってわけ」

「き、気絶……」

ってことは、私はひかれてなんていなくて。さっきのも、夢……。

ひとりで勝手に『死ぬのかな』なんて思っていたことがなんだかちょっとマヌケで、脱力したように「はぁ……」と息を吐く。

けれど、それと同時に込み上げるのは、ほんの少しの絶望感。

「……また、死ねなかったんだ」

無意識にそうボソッとつぶやいてから、ゆっくり立ち上がり服についた砂埃《すなぼこり》を手で簡単に払った。すると彼も同様に立ち上がり、私の背中についた汚れを軽く払ってくれる。

「でもありがとう。うちの猫、助けてくれて」

「え？」

うちの、猫？

意味を問うように彼を見れば、私より頭ひとつ分ほど大きな背をした彼のパーカーの首もとからヌッと顔を出したのは、先ほどのトラ模様の猫だった。

「あ！　もしかして……」

「そう、うちの猫。出かけ先に連れてきたはいいけど脱走しちゃって、丁度探し回ってたところだったんだ」

その猫を探し回っていたところで、事故の一部始終を目撃したのだろう。納得していると、顔を出した猫は「ニャア」と小さく鳴いた。

「そっか……よかった、助かったんだね」

元気そうなその姿に、ほっと安堵《あんど》する。喉もとをくすぐるように撫《な》でると、うれしそうに目を細めた猫に、つい小さな笑みがこぼれた。

「じゃあ、私行くから」

猫の無事も確認できたし、飼い主と出会えたのならもう安心だ。そう思い、その場を歩きだそうとすると、その人は私の腕を掴《つか》んで言った。

「待って。この子助けてくれたお礼させてよ」

「お礼……？　いいよ、なにもいらないし、してほしいこともない」

お礼だなんて言われても……せっかくだけど、そんな希望もないから私は首を横に振る。

「本当？　なにも、望んでることはない？」

けれど、そんな私の心を見透かすかのように、その目はじっと見つめて問いかけた。

望んでる、こと。

その言葉から思い浮かぶ願いが、本当にまったくないわけじゃない。

だけど、知らない人に言うようなことでもないだろうと、言葉に出すことを拒《こば》む。

「……どうせ、言ったところで叶えられないし」

「それはわからないじゃん？　俺、大体のことならしてあげられる自信あるよ」

彼は誇《ほこ》らしげに口角を上げてニッと笑ってみせる。

大体のことならって……どこからそんな自信が湧《わ》くのか。

私の望みを叶えるなんて、そんなの無理に決まってる。見ず知らずの人にいきなりこんなこと言ったら、絶対引かれるし、おかしいと思われる。

そうわかりきっているのに、どうしてか私は口をひらいた。

「……じゃあ、連れ出して」

「え？」

「私を、この世界から連れ出してよ」

望みが叶うのなら、連れ出してほしい。この息苦しい、真っ暗な世界から、ラクになれる世界に。

自分の足では行けなかったから。それならいっそ、誰かに連れていってもらいたい。

目を見て言いきった私に、綺麗な茶色の瞳をした彼は引くでもあきれるでもなく、笑みを見せたまましっかりと頷《うなず》く。

「わかった。いいよ、ついておいで」

「え……？」

そして私の腕を掴んだまま、引っ張るように歩きだした。

「って、待って。本気？　本当にできるの？」

「うん、もちろん。それともやっぱりやめておく？　家帰る？」

『家』、その言葉で思い出すのは、先ほどまでの息苦しい自宅の空気だ。

「……ううん、帰らない」

首を横に振って否定すると、答えをわかりきっていたかのようにその横顔は笑ってみせた。

「君、名前は？」

「……なぎさ。深津、なぎさ」

「なぎさ、ね。俺は早坂新太《はやさかあらた》。よろしくね」

新太、そう名乗った彼は、黒いバイクの前で足を止めた。

「じゃ、後ろの席どうぞ」

シートの中からヘルメットをひとつ取り出すと、私に差し出す。

それを不慣れな手つきでかぶる私を見ると、ハンドル部分に置いてあった自分の分のヘルメットを彼も同様にかぶる。

そしてパーカーの中に身につけていたらしい猫用の抱っこひものようなものに猫をしまうと、「大人しくしてろよ」と優しく声をかけた。

慣れた様子でバイクにまたがる彼に続いて、私も彼の後ろにまたがる。

「バイク乗るの初めて？」

「……う、うん」

「そっか。最初はちょっと怖いかもしれないけど、すぐだから我慢しててね。あ、運転中は俺に掴まってて」

掴まってて、なんて言われても……。

恐らく年上の、しかも異性に触れる。これまで経験がないことに、最初は遠慮《えんりょ》がちに彼のパーカーを小さく握った。彼はそんな私の手を掴むと、しっかりと腰に抱きつかせるように腕を回させた。

「しっかり掴まらないと落ちちゃうから」

「……は、はい」

さっきまで普通に話していたのに、なぜかいきなり敬語になってしまう私が少しおかしかったのだろう。彼からは「ふっ」と小さな笑い声が聞こえた。

笑われたことで、自分がひどく子供に感じられる。恥ずかしくて半《なか》ばやけになってその腰にぎゅっとしがみつくと、ゆっくりとバイクは走りだした。

風を切るように走っていく、初めて乗るバイクの感覚は少し怖くて、不安を表すように自然と彼につかまる腕に力がこもる。

……私、なに、してるんだろ。

大丈夫なのかな。知らない人に連れられるがまま、ついていったりして。

自分から言いだしたこと。だけど心に一瞬込み上げる不安感は、自分の中に理性がきちんと残っている証だ。

けれど、目の前の彼からは不思議と『怖さ』は感じられなくて、自分のこの直感を信じようとその背中に額を寄せた。

風圧によって、目の前の彼の茶色い髪はバサバサと揺れる。その風を感じながら目を遠くへと向ければ、光にあふれた夜景は徐々に遠ざかり、自分たちが東京から離れつつあることに気づいた。

行き先は、わからない。

だけどここじゃないどこかへ行ける解放感に身を任せて。

息を吸い込めば、かすかに海の香りが、体の中へ舞い込んだ。

第二章　知らない景色

夢の中の景色は今日もあの日と変わらずに、踏切が鳴っている。

じりじりと、熱を放つ地面。

脱げた靴を拾うことなく走って、汚れた靴下。

擦《す》りむいた膝《ひざ》からは血が滲《にじ》むのに、痛みを感じることはない。

それは、これが夢だからか。

それとも、この傷以上の痛みを知っているからか。

＊＊＊

いつもはカーテンを閉めきっている私の部屋。真っ暗で、静かで、ひとりぼっちという感覚をいっそう強く感じさせる場所だ。

だけど、どうしてだろう。今日は強い陽の光の眩しさに起こされた。

あたたかさを感じながら無意識に耳を澄ませば、遠くに聞こえるのは波の音。

「……ん……」

ぱち、と目を覚ますと、目の前には木目《もくめ》の天井がある。丸い形の古い電気の傘がぶら下がった、見慣れない景色だ。

ぼーっとした、まだ寝ぼけた頭のまま呼吸をすれば、慣れない家の香りがした。

ここ、は……。

自分のうちじゃ、ない。どこだっけ。

敷き布団の上で体をゆっくり起こしてあたりを見渡せば、そこは広々とした和室だった。

畳が敷かれ、部屋の奥には掛け軸がかかった床《とこ》の間がある。窓際の障子《しょうじ》は太陽の光で透けて、明るい日差しが室内を照らす。

……そっか。ここ、新太の家だ。

昨夜、出会った彼……新太に連れられやってきたのは、東京の隣、神奈川《かながわ》県・湘南《しょうなん》。海のそばにある、この二階建ての大きな日本家屋が、新太の住む家なのだという。

そういえば昨夜、バイクの後ろに乗ってこの家まで来て……なんだかどっと疲れが出てしまった私は、部屋に案内された途端すぐ眠ってしまったんだっけ。

掛け布団をめくり自分の姿を確認する。服も昨日のまま、パーカーにデニム、靴下すらも脱いでいない。

でも、確かに私は「連れ出して」とは言ったけど……まさか隣県に連れてこられるとは思わなかった。やってきた先が意外に近く、少し拍子抜けというか、安心してる自分もいるというか。

『俺と猫の、ひとりと一匹暮らしだから、なにも気にしなくていいからね』

新太はそう言っていたけれど……こんな大きな家にひとり暮らしなんて、あの人本当に何者？

見た目はまだ大学生くらいだから、どう見ても一軒家を持てる経済力があるようには見えないんだけど。仮にお金持ちの家の息子だとしても、わざわざこんな古そうな家にひとりで住む？

考えれば考えるほど謎は深まるばかり。「うーん」と考えていると、唐突《とうとつ》にふすまがガラッと開けられた。

「なぎさおはよー……って、あ。起きてた？」

そこから顔を見せた新太は、昨夜と変わらない笑顔を見せる。

明るいところで見るその顔は、ふわふわな茶色い髪と、丸い瞳に小さな顔、通った鼻、と昨夜よりいっそうはっきりと〝かっこいい〟という印象を感じさせた。

……けど。

「……女子の部屋を勝手に開けないでよ」

デリカシーのないその行動に対し、眉間にシワを寄せ、怪訝《けげん》な顔で言う私に対して、新太は意味がわからなそうに笑顔のまま首をかしげた。

「え？　ダメ？」

「ダメ。デリカシーなさすぎ。最悪」

「最悪!?」

普通開ける前にノックくらいすると思う。

辛辣《しんらつ》に言う私に、新太はしゅん、としょげる。かと思えば、一瞬で表情を変えてハッと思い出したように顔を上げた。

「あっ、そうそう！　俺はなぎさにののしられるために起こしにきたわけじゃないんだった！」

「は？　なに……」

「はい、起きて起きて！　こっち来て！」

しょげたり張りきったり、忙しい人だな……。

黒いジャージ姿の新太は、まだ寝起き間もない私の腕を引っ張り、無理やり立ち上がらせると、ぐいぐいと勢いよく私を連れていく。

「わっ、ちょっ、なに」

「早坂家の毎朝恒例！　ラジオ体操の時間だからね！」

「は、はぁ!?」

ラジオ体操!?　って、意味わかんないんだけど！

こちらの困惑《こんわく》などお構いなしに、新太は廊下のつきあたりにある縁側から外へ連れ出す。

置かれていたサンダルを適当に履き、少し広めの庭に出た。

そして新太が縁側に置いてあるスマホを操作すると、チャーンチャーラチャンチャラチャ、とあの有名なラジオ体操の曲が流れだした。

「まずは背伸びの運動!」

「はぁ? やるわけ……」

「はいっ、いち、にー! さん、しー!」

寝癖すらもそのままに、その場に立ちつくす私の前で、ジャージの袖をまくった新太は腕を振り上げ伸ばし、元気よくラジオ体操を始める。

なにこの人……ついていけない。

顔はそこそこかっこよくて、背も高くて、優しそうな雰囲気もいい感じなのに。それらをぶち壊すようなバカみたいな明るさで、ラジオ体操をするその姿に引いてしまい、私はうんざりとした顔をする。

するとそんな私の態度を見かねて、新太は「もう!」と後ろから私の腕を掴むと同じように動かした。

「ちょ、ちょっと! やめてよ!」

「はいっ、いち、にー! さん、し!」

いやがり跳ね除けようとするけれど、私より二十センチは高いであろう身長に、力の強い新太相手では、バタバタとするだけで逃げられない。

ていうか、近い……！

ぴったりとくっつく自分の背中と新太の体。おまけに長い指で腕まで掴まれて……。

昨夜あれだけしがみついてバイクに乗っておいて今さらかもしれないけれど、近い距離に意識していなくてもドキリとしてしまう。

「わかったわかった！　自分でやるから離して！」

観念したように声をあげた私から手を離すと、新太は笑って私の隣でラジオ体操を続けた。見よう見まねで、自分も必死に腕や足を動かす。

……ていうか、なにこの光景。

年上の男とふたり、大きい家の庭でラジオ体操って……しかも外寒いし。

びゅう、と吹く風に寝癖ではねた茶色い髪が揺れる。

見上げれば、頭上にはのぼる太陽。青い空には鳥が飛び、家のすぐ近くの道からは通学途中の子供たちの声がする。

思えば、こうして明るい時間に外に出たのは久しぶりかもしれない。

太陽を見上げるのも、風に触れるのも、じんわりと汗をかくことも……久しぶり、だ。

部屋から出たくない、誰と接することもしたくない。そう思っていたはずなのに。

部屋にいるときよりもずっと、呼吸がしやすいことに気づいた。

「はいっ、お疲れ様でしたー！」

ようやくラジオ体操を終え、すがすがしい笑顔を見せた新太。一方で私は、久々に動かした体がつらく、ヒィヒィと息を上げている。

「つ、疲れた……」

「ラジオ体操って本気でやると結構体にくるんだよー。ま、毎日やってれば慣れるよ」

いたって普通に言う新太に、そうだよね、慣れだよねと納得しそうになって、ふと気づく。

……ん？　毎日？

そういえばさっき『早坂家の毎朝恒例』って言ってた気が……。

「ってことはこれ、毎日やるの!?」

「そ。朝から体動かすと目も覚めるしちょうどいいからね！」

「なにそれ……」

ぐっと親指を立てる新太に、余計顔がうんざりとゆがむ。

そんな日課、いやだ……。

ガックリとする私をよそに、新太はサンダルを脱ぎ縁側に上がる。それに続いて同じように上がると、床の板はミシッと小さく音をたてた。

この家、本当に古いなぁ。

いかにも昔ながらの家って感じ。そこの床なんてちょっと穴あいてるし。

なにげなく目にとまった床の小さな穴。木が古いのか、そこだけ拳《こぶし》ほどの大きさの穴が開いてしまっている。

ネズミとかはいってきたらどうするんだろ。虫とか、ゴキブリとか……。

想像してぞわーっとしながら見ていると、突然そこからぬっと動物の小さな足が飛び出した。

「ぎゃっ！」

な、なに!?

思わず声をあげると、奥の部屋へ向かおうとしていた新太は不思議そうに戻ってくる。

「なに、どうかした？」

「な、なんか足が……」

「足？　あぁ！」

思い当たるものがあるのだろう。いたって普通に縁の下へ手を突っ込むと、なにかをズルッと引っ張り出す。

そこから姿を現したのは、昨夜のトラ模様の猫……新太の飼い猫だ。新太の長い腕に抱えられ、猫は「ニャー」とうれしそうに鳴いた。

「こいつやんちゃでさ。下に潜り込んでときどきこうやってちょっかい出してくるんだよね」

なら穴を塞げばいいのに……。それも飼い主の楽しみのひとつでもあるんだろうか。

あきれたような私の視線を気にすることなく、新太は長い指の先で猫の喉を小さく撫でる。

「この子、名前は?」

「トラ次郎。だからトラって呼んでる。トラ、こっちはなぎさ。仲良くするんだよ」

「ニャー」

トラ模様だからトラ次郎……安易《あんい》な名づけだ。

その猫……トラ次郎、ことトラは、新太の手から下ろされると、こちらへ近づき私の足もとをうろつく。

「……だっこ、してもいい?」

「うん、もちろん」

かわいい、触りたい、そう思う半面動物を飼ったことはないから、ちょっと緊張してしまう。

けれど勇気を出して、私はその場にしゃがみ、人懐こいトラの小さな体をそっと持ち上げた。

細い体の予想以上の軽さに驚くと同時に、ふわ、とした毛の感触が気持ちいい。

「ふわふわしてる……」

「うんうん、この感触がクセになるんだよねぇ」

ちょっとわかるかも。

ぬいぐるみのようなその感触にトラの頭を撫でると、トラは寝癖のついたまま揺れる私の毛先を丸い目で追いかけた。

「よし、んじゃ朝ごはんにしますか！　なぎさ、おいで」

「え？」

歩きだす新太に、私はトラを床の上に戻すと、呼ばれるままに後をついていく。

すると、縁側から障子を一枚開けた先には広い居間があり、さらにその奥には小さな台所があった。

「ガス台がIH《アイエイチ》じゃない……」

「わぁ、現代っ子の発言」

こげついた古いガス台や給湯器、いたるところが自宅とは違くて驚いてしまう。

そんな台所をきょろきょろ、と見渡せば、台の上には目玉焼きとウィンナーがのったお皿や、小鉢に入ったお新香など、朝ごはんの定番メニューがすでに用意されていた。

「このおかず、居間のテーブルに運んでいってくれる？　今ごはんとおみそ汁持っていくから」

言われたままに、おかずがのった皿を居間にある大きなテーブルへと運ぶ。けれど、どこに置いていいか迷ってしまう。

すると続いて、ほかほかのごはんとみそ汁を持った新太が来た。

大きなテーブルの右端に向かい合って置かれるその茶碗に、合わせるようにお皿を置くと、自然と私と新太は向かい合って席につく。

「よしっ、準備完了！　いただきまーすっ」

「……ます」

元気よくいただきますをする新太に、私は適当に流してしまおうとするが、そんな小さな声も聞き逃さぬように彼は「こらこら」と注意する。

「流さないでちゃんと言う！　『いただきます』、はい！」

……面倒くさい、っていうか、口うるさい。

そう思うけれど、口をとがらせる目の前の彼が、私がきちんと言うまで注意を続けるだろうことが簡単に想像できて、そっちのほうが面倒なことに気づいた。

「……いただきます」

渋々言ったそのひと言に、新太は頷き、ようやく箸を持って食事を始める。

ひと口飲んだ熱いみそ汁からは、みその味の中にダシの香りがふわりと漂う。手作りなのだろう、その味になぜか安心感を覚えた。

「……おいしい」

自然とこぼれたそのひと言に、新太はうれしそうに微笑む。

「でしょ？　ダシとって作ってるんだよ」

「作ってるって……誰が？」

「俺以外誰がいるのさ」

いや、そうだけどさ……。

新太以外作る人などいないとわかっていても、若い男性が早朝から台所に立つイメージなどいまいち湧かない。

きょとんとした顔のままの私に、新太は「あはは」とおかしそうに笑った。

……こんな大きな家に住んでいて、見ず知らずの私を泊めてくれて、おまけに料理もできる。彼がどんな人物なのか、ますます謎が深まる。

「あの……新太って、何者？」

「何者、と聞かれても……ただの大学生としか答えようがないというか」

問いかけた私に、新太は苦笑いを見せる。

あ、でもやっぱり大学生だったんだ。年上だろう、という読みは当たってたみたいだ。

「西海《さいかい》大学の二年生。体育学部で勉強しながらカラオケ屋でバイトする、普通の学生だよ」

大学二年生ってことは……ハタチくらいかな。見た目どおりの年齢に、ちょっと納得する。

西海大学といえばこの近く、湘南にある大学だ。しかもそこはうちのお父さんが教授を務める大学で……偶然とはいえ、お父さんの教え子の家にこうして来てしまったなんて。

でもここで『深津の娘です』なんて言って、新太からお父さんに話が回るのもいやだし、お父さんのことは黙っていよう。

そう、余計なことは言わずに、代わりにごはんを口に押し込む。

「体育学部ってことは、体育の先生になるの？」

単純に浮かんだイメージから、そう問いかけると、新太は首を横に振る。

「ううん、違うよー。けどいい先生になりそう？　そうかそうか、信頼ありそうに見えちゃうかぁ、やっぱり滲み出る人望は隠せないというか……」

「いや、こんな能天気そうな人が先生だったらいやだなぁって」

「すごくストレートだね!?」

すぐ調子にのるタイプの人だ。ちょっと面倒くさい。

あしらうように会話をしながら、目玉焼きに醤油をサーッとかける私の前で、彼はソースを少しだけかけた。

「俺はトレーナー志望なんだ。スポーツトレーナーっていって、スポーツをする人の体の管理やサポートをする仕事」

「へー……」

スポーツトレーナー……そういう仕事もあるんだ。

体育学部という学部がどんな職に活かされるのかはおろか、自分の父親がどんなことを教えているのかすら知らなかった。親のことを〝子供に興味がない親〟と思っていたけれど、自分も自分で〝親に興味がない子供〟だったらしい。

「今日は学校には行かないんだけど、バイトはあるから、なぎさはトラの世話よろしくね」

「世話？」

「って言っても、おやつあげたり外出ないように見てるくらいだけど。あとはテレビ見てても寝ててもいいよ。自由に過ごして」

笑いながら新太が見た先には、部屋の隅でカリカリと音をたて自分のごはんを食べているトラの姿がある。人の食べ物をほしがったりしないあたり、しつけがきちんとできている子なんだと思う。

ふと見渡せば、家の中は静けさが漂う。

その空気に慣れたように過ごす新太とトラに対して、私はまだ、よそ者のような気持ちのままだ。

……いいのかな、私、ここにいて。

その気持ちを感じたままに、口をひらく。

「ねぇ。私……ここに住んでも、いいの？」

突然の私の問いかけに、新太は右手に箸を、左手に茶碗を持ったまま、「うん」とためらいなく頷く。

「なぎさ、昨日言ってたでしょ？　『連れ出してほしい』って」

「……うん、言った」

「さすがに異世界に、とかはファンタジーじゃあるまいし無理だけどさ。この家でこれまでと違う生活をするくらいならできるから」

今までいたあの街とは違う場所にある、この家で、これまでとは違う生活を。

……確かに、異世界に行くほどではなくても、大きな変化の先へ連れ出してくれたのかもしれない。

納得していると、新太は「ただし」と言葉をつけたし、左手の茶碗を置くとピンとたてた人差し指で〝一〟を示す。

「期間は一週間まで。それより前になぎさが帰りたいって思えば帰っていいけど、それ以上はうちには泊めない」

「えっ!?　期間があるなんて聞いてない！」

「うん、今初めて言った」

き、期間？　しかも一週間だけ？

まさかのあと出しの条件に、私は眉間にシワを寄せた。

いや、冷静に考えれば見ず知らずの人間を一週間も泊めてくれるなんてすごいことだし、不服に思う理由がない。けれど、一週間後には家に帰らなければいけないという現実に気持ちが沈んでしまう。

当然といえば当然とわかっていながらも納得できない感情を顔に出す私に、新太は「まぁまぁ」となだめるように苦笑いを見せる。

「だってね？　さすがにあんまり長引くと……ほら、なぎさの親が捜索願とか出したら俺、未成年者誘拐の罪で捕まっちゃうから」

「どっちにしろもうすでにアウトだと思うけど」

そっか、私の意思でついてきたことでも世間や法律ではそうじゃないんだ。

でも、親が捜索願……か。

今頃ふたりはどうしているのかな。私がいないことに気づいて、心配している？　それとも、勝手にしろと放っておかれている？　……下手したら、いないことにも気づかずに仕事に行っているかもしれない。

逃げ出したくて出てきた家のことを、不意に考えてしまう自分がちょっとおかしい。

そんなこちらの胸のうちなど知ることなく、新太はパンッと手を合わせた。

「一週間以内に戻って、なぎさが『友達の家にいた』ってくらいで済ませてくれれば大丈夫だから、ね！」

その言葉とともに見せる困った笑顔は、『というか、そう言ってください！』とでも言うかのようだ。

確かに、ずっとここにいられるとは思ってなかったけどさ……。

思ったよりも現実的なその言われ方に、連れ出してくれたといっても現実はすぐそこにあるのだと思い知る。けれど、そんな私に新太は伏し目がちにつぶやいた。

「それに、あんまり長く時間があくと戻れなくなっちゃうから」

それは、私の心身が、という意味か。他のなにかが、という意味か。深い意味はわからない。

けれどそれ以上の追及をさせないかのように、新太は一瞬で表情を笑顔に戻してへらっと笑う。

「まぁその期間のうちは家中自由に使っていいからさ。服とかは前に俺が着てた服があるからそれでいいとして……あ、下着はどうする？」

「……そういうこと女子に聞くとか本当デリカシーない」

「え！」

別にコンビニにだって売っているし、お風呂入ってる間にでも軽く洗濯と乾燥をすればいい。……どうせ一週間だし。あ、でもこの古い家に乾燥機があるんだろうか。あとでチェックしておこう。

そんなことを考えていると、少し開いたままの庭側の戸からは、ふわりと冷たい風が舞い込んだ。

少し冷たいけれど、体操後のあたたまった体には心地いい風だ。

……日当たりもよくて、風もよく入る。この季節だからかあたりは静かだし、いい場所だなぁ。

そう感じてから、ふと新太に対する疑問を思い出す。

「ねぇ、この家って、新太のもの？」

「まさか。ここは俺のじいちゃんの家だよ」

新太の、おじいちゃんの？

まぁ確かに、学生である新太のものではないことはわかっていたけど……でもその当のおじいちゃんの姿は見えない。新太は目玉焼きの半熟の黄身をくずして、お皿に黄色い水たまりを作っている。

「俺も実家はもうちょっと都内寄りでさ。事情があって、中学三年の頃からここに住んでるんだけど、三ヶ月前にじいちゃんが亡くなって。それからひとりで暮らしてるんだよね」

言いながら新太が箸を持ったままの右手で指さすのは、私たちがいる居間から戸で仕切られた隣にある和室の部屋。

開いたままの戸の奥には仏壇があり、そこには数名の写真が飾られているのが遠目に見えた。きっとその中の一枚が、新太のおじいちゃんのものなのだと思う。

そうだったんだ。おじいちゃんが、亡くなって……。

なんと言えばいいかわからず言葉を詰まらせてしまう。けれど新太はまったく気にする様子もない。

「これだけ広い家だもん。女の子ひとりくらい何日か泊めても全然平気ってこと。むしろ誰かいてくれたほうが俺も寂しくないし」

冗談なのか本音なのか、新太はそう言って「へへっ」と笑う。

確かに、ひとりと一匹ではこの家は広すぎるかもしれない。

そっか、だから私を泊めてくれたんだ。

家の古さも、大学生のひとり暮らしに不似合いなこの広さも、その話で納得できた。なにか裏があるんじゃないかと疑っていた心も、『そういうことなら』とやっと少し安心して、少し湯気のおさまったみそ汁をまたひと口飲んだ。

「俺のことより、なぎさについて聞いてもいい？　なぎさはいくつ？」

「……十七。高校二年」

「高二かぁ！　いいねぇ、今が一番楽しい年頃じゃない」

新太は自分の過去を思い出しているのか、懐かしむように笑う。

そんな風に笑えるなんて、新太にとっては、楽しい高校生活だったんだろうな。私なんかとは違う、毎日だったんだろう。

『一番楽しい年頃』……なんて、なにが。

記憶がよみがえるとともに、自分の顔から表情がスッと消えていくのを感じた。

「……楽しくなんて、ない。学校にも行けてない不登校だし、ただの引きこもりだし」

毎日がいや、友達なんていない、家族ともうまくいっていない。なにひとつ、楽しいことなんてない。こんな気持ち、新太にはきっとわからない。

いっきに込み上げる真っ暗な感情。その気持ちを感情には表さず、目の前の皿を見つめたまま淡々と言うと、『そんなこと言わない』とたしなめるような言葉をかけられるのを想像した。

けれど、次に新太からこぼされたのは「そっか」という穏やかな声だった。その言葉に驚いて顔を上げると、彼はにこりと柔らかな笑みを見せていた。

「じゃあ、この家はなぎさにとってちょうどいいかもね」

「え……？」

「どの部屋も風通しいいし、日当たり良好で過ごしやすいよ。真っ暗な部屋にこもるより、絶対いい気持ちで眠れると思う」

ちょうど、いい？　いい気持ちで、眠れる？

思わぬそのひと言に、驚いてしまう。

「……本気で言ってる？　私、学校にも行けてなくて……普通じゃないんだよ？」

「学校へ行けるのが普通であたりまえなんて、誰が決めたの？」

疑問を投げかけると、逆に投げかけられてしまう。

いや、確かにそうだけど……。

学校に行けていない自分がおかしい、ずっとそう思ってきたから、驚きをいっそう隠せない。そんな私に、新太はいたって変わらぬ笑顔のまま。

「学校に行けなくたっておかしいことじゃないよ。だって、世界は学校だけじゃないもん。それに、大きい窓から違う景色を見てみるのも、人生の中で大切なことになるとも思うよ」

そうあまりにも堂々と言いきった彼に、少し衝撃を感じた。

〝学生〟と呼ばれる年頃の私たち。だけどその世界は、学校だけじゃない。ましてや、暗い部屋だけでもない。

人と違う場所から見る景色もきっと、大切なことのひとつになる。

……へんな、人。

自分が抱いていたものとはまるで違う価値観を持った人。

驚きとまどってしまうけれど、胸にしみるその言葉に、心が軽くなるのを感じた。

逃げているにしかすぎない今この瞬間も、人生の中では大切な時間のひとつだと、肯定してくれている気がした。そう思うと、不思議と小さな笑みがこぼれる。

彼との、一週間だけの限られた時間。その中で私は、なにか変わることができるのかな。

顔を上げ向き合う勇気を、得ることはできるのかな。

わからないけれど、頬を撫でる朝の風が、ほんの少し心地いい。

太陽の光を浴び、体を動かした朝。久々に、ごはんがおいしいって、そう思えた。

第三章　足跡

今日も夢の中では、カンカンカン……と、踏切の音が響いてる。

下りた遮断機の中、線路に立ったまま顔を上げれば、目の前には真っ赤な夕焼けが広がっていた。

涙で滲んだ赤い空と、心を覆う絶望感、かすかな恐怖。

それらを今も、まだしっかりと覚えてる。

＊＊＊

今朝の天気予報で言っていたとおり、今日の天気は晴れ。

広々とした居間の大きな窓からは、あたたかな太陽の光が室内を照らしている。

「いい天気だなぁ……」

ぽかぽかと日向《ひなた》ぼっこをしながら、厚手の毛布にくるまるように寝転がり過ごす。

目の前のテレビでは、自宅で見ていたものと同じ、午後のワイドショーが流れていた。

この家に来て、二日。

今朝も昨日同様に朝からラジオ体操をさせられ、朝食を食べ……少しうたた寝をしているうちに、気づけば新太の姿は家から消えてしまっていた。

玄関に靴がなかったから、学校に行ったか、遊びに行ったのかもしれない。

考えてもわからないし、連絡をとる手段もないから、私はそれ以上考えることをやめて、ゴロゴロと予定のない休日の昼間を過ごしているのだった。

……それにしても。

ちらっと私が見た先には、テーブルの上に置いてある、ラップがかけられたお皿。その中には綺麗な形のおにぎりがふたつ並べてある。

おにぎりとともに添えられた紙には、【お昼ごはんもきちんと食べること。台所におみそ汁もあるよ。――新太】と丁寧な字で書かれていた。

私のために、と出かけに作っておいてくれたのだろう。まめな人だ。

昨日も新太は、お昼に手早くチャーハンを、夜にはバランスよく野菜と肉を使った炒め物を……と料理を作ってくれた。

『料理、好きなんだよね』と言うだけあって、毎回きちんと自炊をしているらしい。

まるで主婦だ……。

感心するように思いながら、そろそろごはんを食べようか、と十四時過ぎの時計を見ていると、どこからかカリカリ、と音がした。

「ん……？」

縁側のほうを見れば、締めきった戸の外側で、トラが『中に入れて』とでもいうように小さな前足で戸をひっかいている。

「もう……どこから出たの」

「ニャァ～」

猫独自のルートから庭へ出たはいいけれど、入れなくなってしまったのだろう。あきれながら戸を開ければ、トラは素早く室内へと入った。

この猫は、一日中家のあちこちをウロウロとしている。けど庭に出ても敷地の外には出ないそうで、新太いわく『えらいっていうか、ビビりなんだよねぇ』とのこと。

するとトラは何気なしにこちらに寄ってきて、私の足へすり寄った。

「わっ、なに、踏んじゃうって」

小さな体を踏んでしまっては大変だ、と咄嗟によける。

けれどそれを遊んでいると思ったのか、足もとで八の字を描くようにうろうろと歩いてじゃれるトラが、ちょっとかわいい。

「……トラ」

その場にしゃがんで名前を呼ぶと、トラは私の前に来る。そして、『撫でて』というように私に頭を差し出した。

そっと手を伸ばし、ふわふわの額を軽く撫でると、トラは気持ちよさそうに目を細める。

か、かわいい……。

そのまま指を喉へ運ぶと、さらにうれしそうにトラはゴロゴロと鳴く。

「気持ちよさそうだね、お前」

「ニャァ〜」

「あはは、会話してるみたい」

自然と笑い声をこぼして、自分でもちょっと驚く。自分もこんな風に笑えるんだって、思い出した気がした。

口もとが、目もとがゆるむ、懐かしい感覚。

猫相手にこんなに心が穏やかになるなんて、どうしてだろう。不思議なような、だけど、幸せな気持ちだ。

しばらく遊んでいるうちにトラは眠り、手のあいた私は、縁側に座って少し遅い昼食を食べながら庭を見つめていた。

今朝もラジオ体操をしたその庭は、よくよく見れば鉢や小さな家庭菜園の跡があるものの、放置されたままなのか枯れてしまっている。

……新太のおじいちゃんがやってたのかな。

だとしたら、自分がいなくなったあとのこの枯れた庭を見て、少し悲しい気分になるかもしれない。なんて、会ったこともない人の気持ちを考えてちょっと切ない。けど新太も忙しくて、庭までは手が回らないんだろう。だからといって自分にできることなんてなにひとつないけれど。

そう考えながら、お皿の上をからにした。

「……ごちそうさま、でした」

誰に聞こえるわけでもないけれど、小さくつぶやく。

ふわ、と吹く風はやはり冷たく、もう冬なんだと感じた。それと同時に、不意に潮の香りが漂った。少し遠くからは、ザザ……ン、と波の音が聞こえる。

「海……」

海の香りは来たときからしていたけれど、音もするってことは思ったより近くに海があるのかもしれない。

思えばここに来て一度も外に出ていないから、この家の位置すらもよくわからないんだ。

……ちょっと、行ってみようかな。海なんて、めったに来ることもないし。

そんな小さな好奇心から、波の音に誘われるように、『早坂』と書かれた家を出た。

門を出て家の外に出ると、意外と坂の上に家があったことを知る。

波の音は、この下からだ。

音に誘われるがまま細道を歩き坂を下り、狭い道に家がひしめき合う住宅地を抜ける。

そして十分ほど歩いた先には、一面に大きな海が広がっていた。

「……わ……」

冬の海に人はおらず、静けさが漂う。けれど、太陽が水面に反射しキラキラと光る景色は綺麗だ。

そういえば、こうして海を見るなんて小学生の頃以来。

……一度だけ、お父さんとお母さんと三人で行ったっけ。

どこの海だったかは覚えていない。けれど、楽しかったという記憶だけが強く残っている。

水着ではしゃぐ三人の姿を、殺風景なこの浜辺に重ね思い浮かべると、胸がぎゅっと痛くなった。

道路から浜辺に下りると、真新しいままのスニーカーを履いている足は、さらさらとした砂にサク、と埋まる。足を取られながらも一歩一歩と近づけば、先ほどより大きく、ダイレクトに聞こえるザザン……という波の音。

寄せては返す波を、じっと見つめた。

「……うーみーは、ひろいーな、おおきーいーなー……」

海を目の前にしてつい口ずさみたくなる歌は、子供の頃から変わらない。

けれど、そのワンフレーズで歌は止まってしまう。

「……続き、なんだっけ」

あのときもふたりが歌ってくれていた気がするんだけど、思い出せない。

……まぁ、いっか。

忘れてしまったものは仕方がない。

そう割りきれる歌と同じように、思い出も忘れられたら、いいのに。

「つーきーが、のぼるーし、日がしーずーむー」

「え？」

突然聞こえた歌声に振り向くと、そこには、白いスーパーのレジ袋を右手にさげた新太がいた。

その姿に驚いていると、新太はへへっと笑ってこちらへと近づく。

「新太……早いね」

「うん、ちょっと買い物行ってただけだから」

言いながら新太が見せたその袋の中には、じゃがいもや人参が透けて見えた。

買い物、といっても服や本などではなく、夕飯の買い物だったのだろう。

「この時期の海はもう冷たいから、入っちゃダメだよ。風邪ひいちゃう」

「……見た感じでわかる」

ぼそ、とそっけなく答える私の態度に対して、その顔は心なしかうれしそうに笑う。

「なに？　ヘラヘラして……キモい」

「キモい!?」

辛辣な私の言葉はその胸にグサッと刺さったようで、新太は衝撃を受けるとともに、心が折れたかのようにその場にしゃがみ込む。

あ、いじけた。本当この人、年上っぽくないっていうか、変なところが子供っていうか……。

そんな新太に近づくと、視線を合わせるように、私もその場にしゃがみ込んだ。

「キモいって……ひどい……女子高生怖い……」

「はいはい、ごめんって」

「心がこもってなーい！」

口をとがらせ拗《す》ねる新太と、あしらう私。

どちらが年上かわからない、そんな会話の合間にもザザン……と音をたて寄せる波は、私たちに届くことなく静かに引き返していく。

「じゃあ、なんで笑ってたの？」

「そりゃあ、うれしかったから」

「え?」

うれしかったって……なにが?

疑問を声に出さずとも、私の不思議そうな顔から心の声が読みとれたのだろう。新太は言葉を続ける。

「ここに来てから家の中にいるだけだったなぎさが、自分から外に出てるって、そう思ったら、うれしくて」

そう言ってこちらに向けられた新太の笑顔は、水面に反射した光に照らされ、キラキラと輝き綺麗だ。

直視できないくらい眩しいその表情に、くらみそうになる目を細めた。

「……なんで新太が喜ぶわけ」

「なんでだろうねぇ」

きっと理由はあるのだろう。けど彼はそれを悟らせないように、笑ってごまかした。なんとなく、それを深く探ることはできず、私も気づかないフリで話題を戻す。

「さっきの歌……よく続き知ってたね」

「うん。やっぱり海見ると一番最初にあの歌が出てきちゃうよね。ちなみに俺、最後まで歌えるよ」

ふふん、と誇らしげに笑うと、新太はたのんでもいないのに続きを歌い始める。

それを目を閉じて聞けば、穏やかな彼の歌声は、子守唄のように聞こえた。

「……本当、よく覚えてるね。私すっかり忘れてた」

「じいちゃんがよく歌ってたんだ。しかも演歌調で、『うぅ～みぃはぁ～』って」

「はは、なにそれ」

まるで演歌歌手のような歌い方をする、新太のおじいちゃんのマネがおかしくて、つい笑う。

そんな私に新太は目尻にシワを寄せ笑うと、頭をポンポンと撫でた。

「忘れちゃうこともあるけどさ、そのたび思い出していけばいいんだよ、一節ずつ、ちょっとずつでも」

それは、歌のことを言っているようで、私の心に対して言っているようにも聞こえる。

忘れてしまうときがあっても、その度思い出していけばいい。

ひとつずつ、すこしずつ。

「……私だけ思い出しても、むなしいだけだけど」

無意識に小さくつぶやいた言葉に、新太はなにかを考えたように一瞬黙り、そしてしゃがんでいた膝を伸ばして立ち上がる。

「なぎさ、おいで」

「え？」

そして突然そう言ったかと思えば、手招きをして歩きだした。

おいでって……どこに行くの？

とまどいながらも新太に続いて歩いていくと、砂浜から上がった道路沿いには先日後ろに乗せてくれた、新太のバイクが停めてあった。きっとバイクで帰ってきたところで私を見つけて、一度ここに停めておいたのだろう。

新太は先日同様、ヘルメットをひとつ私に手渡し後ろに乗るように目で示す。

「バイクでどこ行くの？」

「内緒。でも、なぎさが行って損はしないものが見られる場所だと思うよ」

「え？」

私が行って、損はしないものが見られる？

その言葉の意味はわからないけれど、ここで聞いたところで新太はきっとそれ以上は教えてくれないだろう。

そう察して、私は大人しく新太の後ろに乗り、その体にギュッとしがみついた。

「……女子高生に抱きつかれるのはうれしいけど、せめてもっと当たるものがあればねぇ」

「ちょっと。聞こえてるんだけど」

悪かったな、当たるほど胸のない体で。

ジロ、と睨《にら》みつけると、かすかに見えたその横顔はおかしそうに笑った。

そんなやりとりののちに走りだしたバイクは、颯爽と海風の中を通り抜けていく。

道路沿いに長く続く海岸の景色に見とれ、もっと見ていたいと思う。けれど細い道を一本、また一本と抜けるうちに、気づけば大きな道路が続く街のほうへとやってきていた。

「はい、到着」

停められたバイクに顔を上げ、ここどこだろう、とあたりを見回せば、目の前には白い大きな建物があった。よく見れば、そこには【西海大学　湘南キャンパス】と書かれている。

西海大学って……なんで、ここに？

驚きながらバイクを降り、ヘルメットを外すと、同じくバイクを降りる新太はふっと笑ってみせた。

「なぎさのお父さんって、うちの大学の深津先生でしょ」

「えっ！　し、知ってたの!?」

「まぁ、深津なんてちょっとめずらしい苗字だし、そういえば先生が前に娘が高校生って言ってたし……なぎさの顔も、見覚えあったから」

隠していたつもりが……バレていたんだ。それならそれで言ってくれればいいのに、とバツが悪い顔で新太を見た。

けど、私の顔に見覚え……？

その言葉の意味を問いかけようとすると、新太はそれより先に私の腕を引き、慣れた様子で建物内へと入っていく。

「ちょっと、大丈夫なの？　私部外者だし……」

「大丈夫。こっちの建物あんまり人来ないし、今皆授業中だし」

ここの学生ではない私が建物に勝手に入るなんて、まるで、というか確実に不法侵入だ。

バレたらどうしよう、と心臓がいやなドキドキを感じてしまう。けれど新太はなんてことない顔で、むしろ堂々と私を連れたまま普通に廊下を歩く。

「深津先生ってね、いい先生なんだよ。授業も面白くてわかりやすいし、学生ひとりひとりにも親身になって話聞いてくれてさ、俺は先生の中で深津先生が一番好き」

「……へぇ」

いい先生……か。職場での話なんて、初めて聞いた。

家でのお父さんの印象は、朝早く出て、夜遅く帰ってきて、特に会話もしない、空気のような人。休日も疲れているからと一日寝ていたり、かと思えば仕事が残っていると家を出たり。

……そんな仕事人間な人だからこそ、自分の子供の話は聞かないけど、学生の話は親身になって聞くってことか。いい先生がいい父親とイコールでつながるわけではないのだと、しみじみ思う。

すると新太は、ひとつの部屋の前で足を止めた。

【資料室B】と書かれた部屋のドアを新太がガチャッと開けると、室内にはその名のとおりたくさんの資料や教材が置かれている。

「ここは……？」

「深津先生が普段、準備室として使ってる部屋。そこのデスクにたしか……あった」

新太が指さす方向へ視線を留めると、そこにはパソコンや書類、テキストや本であふれた、お世辞にも整っているとは言えないデスクがあった。

よく見ればその端には、写真たてがひとつ置かれている。

そこに飾られている写真は、今より若いお父さんとお母さん……そして、当時八歳くらいであろう私の三人が、水着姿で仲良く笑っている、海辺で撮った写真だった。

「こ、れ……？」

「ずっとここに飾ってある写真でさ。前に深津先生に『家族との思い出？』って聞いたら、『唯一の、な』って、少し悲しそうに言ってた」

少し色あせたその写真たてを手に取る私に、新太は言葉を続ける。

「『家族のために働いてきて、でも気づけばそればかりでなにも思い出を作ってやれなかった』って言ってて。きっと後悔してるんだろうなって、思ったよ」

『後悔』、そのひと言が胸にずしりと沈んだ。

後悔……なんて。お父さんも、家族としての時間をもっと作りたいと思ってくれていたのかな。

初めて触れるその心の内に、とまどい、ためらい、けど次第に、泣いてしまいそうなあたたかさのような、うれしさのような感情が込み上げてくる。

……私、ちゃんと今でも覚えてるよ。

あの日、三人で海に行った日のこと。

痛いくらい眩しい夏の日差しの下、海の冷たさが気持ちよかったこと。

私が買ってもらったかき氷を砂浜に落としてしまって、泣いて、お母さんが自分の分をわけてくれたこと。

お父さんが肩車で海に入ってくれて、そのとき見た景色は、果てなく青色が続いていたこと。

帰りの車の中で、ふたりがあの歌を歌ってくれて、幸せな一日だと心から思ったこと。

今でもちゃんと、覚えてる。

だけど、ときが経つにつれて、お父さんもお母さんもいっそう忙しい生活になり、次第にそのときの幸せは薄れていった。

楽しかった日のことを思い出すと、寂しさやむなしさが込み上げて、いつしか『忘れられたらいいのに』なんて、思うようになっていったんだ。

どうせふたりも、忘れているだろう、そう思って。

だけど、そうじゃなかった。お父さんは覚えてくれていたんだ。

あの日の思いを、ときどき、一瞬忘れてしまっても、写真を見る度思い出してくれていたんだろうか。そう思うと、これまでひとりよがりに感じていた自分が、少し恥ずかしくて、情けなくて、泣きだしそうになるのをぐっとこらえる。

そんな私を見て、新太はそっと頭を撫でてくれた。

長い指をした大きな手が、包むように触れる。その優しさに胸がトクン、と小さく音をたてた。

「……どうして新太は、私が娘だって知ってて、お父さんには黙ってくれてるの？」

「そりゃあ、『お宅の娘うちにいますよ』なんて言ったらさすがに殴られかねないし」

その場の空気が重くならないように、新太はそう冗談めかして言って、あははと笑う。

「それに、誰かに無理やり戻されるんじゃなくて、なぎさ自身が『帰りたい』って思うことが一番大切だと思うよ。これからを生きていくうえで、ね」

誰かに言われてとかじゃなく、大事なのは、私の気持ち。

それはきっと〝これから〟の、ために。

だから新太は、お父さんには黙ってくれていたんだ。

……敵わないなぁ。

どれだけ私の心を見透かして、いつも一歩先を考えてくれているのだろう。悔しいような、まいったような気持ちで、写真を指先でそっと撫でた。

「さて、そろそろ行こうか」

「……うん」

帰ろう、そう言うかのように笑って歩きだす新太に、私は続いて歩きだした。

まだすぐには、『帰りたい』とは言えない。自宅に戻ることにも、ふたりと真っ直ぐ向き合うことにも勇気がいるから。

だけど、今まで見えなかった家族の心を知れてよかったって、そう思う気持ちだけは確かだ。

……不思議。

新太の言葉が、存在が、今まで見えていなかったものばかりを見せてくれる。

一歩、また一歩と進む足は、砂浜を歩けば深く沈む。

だけど、前に向かって歩くんだ。

立ち止まることも、膝をつくことも知ってしまったけれど、あの日より大きな、この足で。

第四章　オレンジ色の空

カンカンカン……と鳴る踏切の音に包まれた夢の中。そこは見慣れた教室だった。

窓の外に広がった、爽やかな青空。その色に目を奪われた瞬間、突然背中を押され、床に膝をつくと、あたりまえのように多数決が行われた。

『なぎさのことうざいと思う人』

『はーい』

『全員賛成、ってことでなぎさ有罪～』

腕を引っ張られ、髪を掴まれ、床に伏せれば、頭から水をかけられる。

いたい、つらい、くるしい。

だれか、たすけて、だれか。

そう助けを呼びたいのに、声が出ない。

いつしか世界の音はすべて、踏切の音にかき消された。

くるしい、くるしい、くるしい。

しに、たい

＊　＊　＊

「っ……」

息苦しさに一瞬で目を覚ますと、そこにはもはや見慣れた木目の天井があった。

室内は明るい朝陽に照らされて、いきなり開いた目に痛い。けれどそれ以上に、先ほどまでの映像たちがこの心を占めていた。

「……ゆ、め……」

はぁ、はぁ……と上がる息に、横になったまま自然と額を撫でると、髪をしっとりと濡らすほど大量の汗をかいていた。

夢でよかった、そう思うと同時に、現実世界の記憶を思い出し、いっそう息が苦しくなった。

ただの夢と言いきるにはあまりにも生々しく、まだ夢の中の感覚が残ってる。

あの日のことが、今も私を苦しめる。学校でのこと、踏切の音……それら過去のことを夢に見る度、何度だってこの心は絶望に覆われる。自分の居場所なんてどこにもない、信じられる人なんていないんだって、また思い知る。

世界は真っ暗だ。救ってくれるものなんてなくて、つらいだけの日々。だからあの日、私は逃げ出したのに、自ら消える勇気もないなんて。

「……くるしい」

拭《ぬぐ》いきれない息苦しさに、体を起こす気力はなく、顔だけを少し上げる。

するとそこには、横になった私のお腹の上に乗りまったりとくつろぐトラの姿があった。

あぁ、猫が乗っていれば、そりゃあ確かに苦しいわけだ……。

「っ……お前のせいかバカ猫ー!!」

「ニャァーンッ！」

「わー、朝から元気だね、若者～」

体をガバッと勢いよく起こしトラを振り落とすと、ちょうど戸を開けて新太が姿を見せた。

今日もラジオ体操の時間なのだろう。その黒いジャージ姿も見慣れたものだ。

「ちょっと新太、トラ勝手に部屋入れないで」

「と言われても……トラしか知らない抜け道があるみたいなんだよね」

これだから古い家は……！

チッと舌打ちをすると、「まぁまぁ」というように苦笑いを見せていた新太は、なにかに気づいたようにこちらへ近づく。

「なぎさ、どうしたの？　汗びっしょりだけど」

寒さの増すこの季節からは考えられないような私の汗から、なにかがあったことを察したのだろう。でも、夢を見てうなされたなんて言いたくないし、どんな夢を見たか、言葉に表すこともいやだ。

「……別に。なんでもない」

ぼそっとつぶやき、聞かれたくない、という気持ちを示すように目を背けると、新太はなにを思ってか小さく笑った。

「そのまま外に出たら汗が冷えて風邪ひくから、タオルでふいてから庭においで」

そして汗で湿った私の頭をくしゃっと撫でると、トラを連れて部屋を出る。

まるで子供をなだめるようなその手は、今日も変わらず優しい。

……普段はペラペラとうるさいくせに、こういうときは深入りしないんだ。

無神経に触れてこない、近いようできちんと距離を保った彼にほんの少し安心する。

そういう人だから、一緒に過ごしやすいのかもしれない。

ひとり納得しながら部屋を出て、洗面所に向かうと、水で顔を洗って汗を洗い流した。

タオルで顔を拭いながら庭へ向かって歩いていくと、ふわりと香るのは、少し嗅ぎ慣れたこの家の洗剤の香りだ。石鹸のような爽やかな香りを吸い込むと、少しだけ呼吸が楽になった。

新太の家に来て、三日目。今日も天気は晴れ。だけど、不快な夢で目が覚めた。

こんな朝も変わらずに、新太はいつも、私のことをすべて見透かしているかのようだ。

……お父さんのことのように、わかっていて黙っていることもあるのかもしれない。けど無理に聞いてきたりはしなくて、笑顔を見せて、私の視野を変えてくれる。見えなかったことや知らなかったことを、教えてくれる。

不思議な安心感と、包容力を感じさせる人。

「あっ、来た来た！　よしっ、今日も元気に始めますか！」

「……はいはい」

縁側から庭へと下りると新太の声とともに、いつものラジオ体操の曲が鳴り始めた。

そしてまずは、背伸びの運動から。曲に合わせて、両腕を振ってひとつひとつ動きをこなしていく。

「ほらなぎさ！　腕の振りがちいさーい！」

「……あーうるさい」

「うるさいとか言わない！　ほら、いち、に！」

元気よく言いながら大きく腕を振る。そんな新太の表情はいつも明るくて、楽しそうで、悩みとかはなさそう。友達もきっと多いだろう。ときおり幼さも感じられるけど、人としてはきっと、とても大人な人なんだと思う。

……私とは、真逆だ。

ときどきその笑みを直視できなくなるほど、眩しい。そう思うと同時に、つられて明るくなれる自分もいる。

「新太、今日バイトは？」

腕を振り、体を動かしながら尋ねると、新太も同じ動きをしながら答える。

「今日は休み。だから一日家にいるよ」

「……いつも家にいる気がするけど大丈夫なの？」

「失礼だなー、大学もバイトも行くときはちゃんと行ってます！」

バイトはともかく、昨日、一昨日とあまりしっかりと学校にすらも行っているイメージがないんだけど……本当に大丈夫なんだろうか。まぁ、授業時間や日数なんて学校や学科によって違うか。

口をとがらせた新太の、ちょっとマヌケな顔を見ながらそう思った。

「たぶんほとんど二階の部屋にいると思うからさ。もし出かけるってときは声かけてね」

「なんで？」

「なんでって、いきなりいなくなってたら心配するじゃない」

さも当然、とでもいうかのようにそう自然と言いきった彼に、少し驚いてしまう。

心配、する？　私のこと、を？

……なんで、そんなこと。

「……過保護」

「あれ、俺年下にあきれられてる？」

口から出る言葉は、なんとも愛想のないひと言だけど、本当はちょっとうれしい。

まだ出会って四日ほどしか経っていない。そんな他人同然の私のことを、『心配』と言ってくれたことが。

まったくの他人とは思えない感情が彼に対して生まれていた。

だけどそれを素直に表すことはできず、「ふん」とかわいげのない態度をしたところで、ちょうどラジオ体操は終わった。

「あ、そうだ！　なぎさ！」

「なに？」

「おはよう、今日もよろしく！」

彼に言われてから気づく。そういえばまだ、今日は挨拶をしてなかったこと。

たったひと言の挨拶。それもまた、こんなにもうれしいなんて。

「……おはよ」

ほんの少しずつ、この胸に変化を感じる。そんな、この家で迎える三度目の朝。

それから朝食を食べ終えた私たちは、それぞれの時間を過ごした。

居間でトラと遊びながらテレビを見て、ぼんやりとした時間を過ごす私。その一方で新太は食器を洗って洗濯をして……とあれこれと動くうちに、気づけば姿は見えなくなっていた。

「……今日のテレビ、つまらなすぎ」

何気なく、うーんと伸びをしながらつぶやくと、自分の声ひとつが居間に響いた。いつも見ているドラマの再放送はやらないし、ワイドショーも今日は政治の話ばかり。つまらなすぎる。

他にやることもないし……そうだ、たまには散歩とか行ってみようかな、とふと思いついた。

自宅にいるときは、極力外に出たくなかった。けどこの街なら私を知る人はいないから、人目も気にならない。それに新太も私が外に出ることはうれしいみたいだし。

昨日の、少しうれしそうな新太の表情を思い出して、その気持ちに応えたいと思える自分がいる。

隣ですやすやと昼寝をするトラをそのままに、私は立ち上がった。

新太から『寒かったら着ていいよ』と渡されていた少し大きいパーカーを着て、一応寝癖さえ簡単に直しておけば、その辺を出歩くには十分だろう。

あ……新太に声、かけておくんだっけ。

今朝言われたとおり声をかけるべく、まだ自分の部屋やトイレ・お風呂以外不慣れなこの家の中を歩く。

新太の部屋はたしか、二階の角部屋……。

ちょうど居間の真上に位置するところで、もともとはおじいちゃんが使っていた部屋だって、新太が言っていた。建物の大きさに対して、ひと気のないこの家の中を歩くと、古い床がミシッといちいち音をたてた。

……ここだ。

二階の一番奥、角にあった茶色い戸の前で足を止めて、トントンとノックをする。

「新太ー……」

『はーい?』といつものように明るく応える声を想像しながら名前を呼ぶ。ところが、名前を呼んでも中からは音も声もなにひとつ返ってこない。

「新太?」

あれ、どうしたんだろ……。

不思議に思い、そっと戸を開け、隙間から室内を覗き込んだ。

ひとりで過ごすには、十分すぎるほど広さのある畳の部屋。

大きな窓からぽかぽかとした陽が降り注ぐその部屋には、端に布団が畳んで置かれており、壁際には背の高い本棚がある。

ぎっしりと詰め込まれた本の古びた背表紙から、きっとそれは新太のおじいちゃんのものなのだろうと推測する。

〝男の人の部屋〟というにはあまり緊張感を感じさせないのはきっと、飾り気がなく、若い男性の部屋というより、〝新太のおじいちゃんの部屋〟という雰囲気が漂っているせいだと思う。

あれ、新太……いた。

部屋の角に置かれたテーブルで、パソコンをひらいた体勢でこちらに背を向けている。

「なんだ、いるんじゃん。新太ってば」

ところが、声をかけても新太は反応を示さない。

ここまで反応がないってことはもしかして、とこっそりと部屋に入って近づく。

そしてその様子をうかがうと、新太はテーブルの上で頬杖をついた形で「すー」と眠ってしまっていた。

寝てる……。

彼の手もとにはひらいたままの本があるから、きっと本を読んでいるうちに寝てしまったのだろう。視線を本から彼の顔へと戻せば、その長いまつ毛は伏せられ、口がほんの少し開いている。

こうして見ると、やっぱり顔はかっこいい。

モテるんだろうな、きっと。にぎやかだけど、それもよく言えば明るいということだろうし、面倒見もいいし。

けど遊び回っている様子もないし、スマホを頻繁にいじっている様子もないから、たぶん彼女はいなさそう。

……って、私には関係ないけどさ。

なぜかほんの少し安心している自分の心を見なかったことにして、視線を新太の手もとへ移した。

見れば、テーブルの上には読みかけの本の他にもいくつか本やノートが重ねてある。そこには『トレーニング理論』や『栄養管理』『基礎代謝』など、少し難しそうな言葉が並ぶ。

そういえば、スポーツトレーナーになる、って言っていたっけ。

スポーツだけじゃなく、健康や栄養に関することまでいろいろ考えるんだ。

学校に行かない日もこうして勉強して、バイトも行って、その中で毎日ごはんも作ってくれて……彼をすごいと思うと同時に、正反対と言っていいくらいだらしない自分に少しあきれる。

……このままじゃ、体冷えちゃうよね。

そう思い、私はたたんである布団の一番上に置かれていた毛布を一枚手に取ると、それをそっと新太の肩にかける。そして起こしてしまわぬように、なにも声をかけることなく、部屋を後にした。

声をかけるように、って言われたけど、寝ているなら仕方ない。

どうせ近くを少し歩くだけ。このあたりの道もよくわからないから、遠くへはいけないし。

そう思いスニーカーを履くと、家を出た。

陽が傾きかけた冬の午後。昼と夕の間の空に、びゅう、と冷たい風が吹いた。

「さむ……」

風に乱れる茶色い髪をおさえ、今日も海のほうから、ザザン……と鳴る波の音に耳を傾けながら、細い住宅地を歩いていく。

細い路地を挟むように、ずらりと並んだ家々。私からすればまるで迷路のような道も、新太やこのあたりの人にとってはなんてことない道なんだろう。

初めて見る家、聞こえてくる人の声、どこか違う空気。それらはまるで別の世界に来た、と錯覚させる。

「……あれ」

フラフラと行くあてもなく歩くうちに、近くを歩くだけのはずが、気づけばよくわからない道に入り込んでしまったことに気づいた。

……仕方ない。当てずっぽうで来た方向を戻りながら家を探すしかないか。

それか交番かどこかで人に聞いてみるか……。自分が帰る家を人に訪ねるなんて、なんともマヌケだけれど。

ふと見上げれば、早くも空には夕焼けが広がっている。不安をあおるようなオレンジ色が少し怖くて、目を逸《そ》らした。

……早く、帰ろう。

今朝見たいやな夢が頭の中にちらついて、自然と歩く足は速くなる。

するとそのとき、「あはは！」と前方から大きな笑い声が響いた。

突然のその声にビクッと身を震わせて見ると、そこには女子高校生がふたり、前からこちらへ向かって歩いていた。

自分と同じ歳くらいの彼女たちは、学校帰りなのだろうか。太ももくらいの丈の短いスカートを揺らしながら、楽しそうに歩いている。

「本当ありえないじゃん！　だからさぁ、マジクズ、さっさといなくなれよって思わず言っちゃってさ」

「うわ、言いすぎだし」

「だって事実だもん！　あいつなんていなくなっても誰も困らないって！」

見ず知らずの彼女たちが、誰のことを言っているかなんてわからない。

どこかの誰かのことで、それは自分に対して言っているわけではない、ということは確実で。

だけどその言葉たちは、今朝の夢と、胸の奥の記憶たちをよりいっそう生々しくよみがえらせる。

何度も何度も、言われた覚えがある。敵意や悪意に満ちた言葉たち。

『おい、クズ女』

『さっさと消えろよ。キモいんだよ』

『あんたが死んでも誰も困らないから。この世に必要ない、ゴミと同じ。っていうか、ゴミ以下？』

いやだ、思い出したくない。

いやだ、いやだ、いやだ。

いや、だ。

「っ……」

汗が噴き出し、視界がぐらりと回る。いっきにゆがみだす世界から、逃げ出すようにその場を駆けだした。

いやだ、こわい、つらい、くるしい。

消えない記憶が浮かぶ度、真っ黒な感情が波のように押し寄せる。

叫びたくなる衝動を抑え、無我夢中で細い道を抜け、坂道を駆けおりると、そこにはちょうど小さな踏切があり、カンカンカン……と鳴りだす音とともに、遮断機が下り始めていた。

遠くから、電車の音が聞こえる。

オレンジ色の空、肌を伝う汗、上がる呼吸。すべてが、あの日と重なる。

「……っ……」

ドク、ドク、ドク、と自分の心臓の音を聞きながら地面を蹴り、一歩、また一歩と近づく足。

それはこの先に、〝ラクになれる世界〟があると知っているかのように。

くるしい、こわい。

この世界から連れ出して。

「っ……なぎさ!!」

その瞬間、大きな声で名前を呼ばれると同時に、腕を力強く引っ張られた。

走っていた足を止められ、意識を現実に引き戻されるような感覚に我に返る。見れば後ろには、私以上に汗だくの新太がいた。

「あ……ら、た……？」

「なにしてるんだよっ……あー……見つかって、よかった……」

はぁ、はぁ、と苦しそうに息をする度に上がる肩。それは、新太が全力で駆けつけてくれた証だ。

背後ではガタンゴトン、と電車が通り過ぎ、遮断機が上がる音がした。

「なんで……」

「気づいたらいないから！　ったく、声かけてって言ったのに！」

「だって、新太寝てたから……」

突然現れた新太に驚きが隠せず、唖然としたまま言うと、新太は「うっ」と気まずそうな顔をする。

心配したり、怒ったり、渋い顔をしたり……コロコロと変わるその表情に安心感が込み上げて、心は徐々に冷静さを取り戻していく。

……私、今、新太が止めてくれなかったら、どうなってた？

きっと、衝動的に飛び込んでいた。踏切に飛び込んで、そのまま電車に……。

自分の行く末を想像して、今さら少し震えてきた。新太はそんな私に対し、掴んだままの腕をぐいっと引っ張り、頭を抱き寄せた。

新太……？

熱い体温が、体を包む。

いきなり、どうしたの。そう問いかけようとする言葉を遮るように、その胸からは、ドクン、ドクンと早い音が聞こえる。

「……引き止められて、よかった」

「え……？」

それって、どういう意味……？

その胸もとから顔を上げると、新太は安心しきったように表情をゆるめて私を見つめた。

なんで……そんな。

私がなにをしようとしていたか、なにを考えていたか、わかっているかのような顔をするの？

新太の表情に、胸がぎゅっと掴まれる。

すると新太は、まるでトラと遊ぶときのように、両手で私の頭をぐしゃぐしゃと思いきり撫でた。

「ちょっと。髪ボサボサになる」

「もう十分ボサボサだよ」

事実なのだろうけど、またそうやってデリカシーのない言い方をするんだから。そう不満げにその顔をじっと見ると、新太はいっそう安心したように目を細めて笑う。

「それにしても、ずいぶん歩いてきたね」

「そうなの？」

「うん、うちから結構距離あるよ。俺は足速いほうだから、すぐ見つけ出せてよかったけど」

その〝結構な距離〟を、私がいないことに気づいてからすぐ、必死に走って探し回ってくれたんだ。

そう思うと、これまで感じたことのないようななんともいえない気持ちが込み上げて、うれしさに笑ってしまいそうな、泣きだしてしまいそうな、変な顔になってしまう。

新太は左腕で私の体を抱き締めたまま、空いている右手で、汗で濡れた私の前髪にそっと触れた。

「また汗かいてる。高校生は代謝《たいしゃ》がいいねぇ」

「新太のほうが汗かいてるけど」

「あはは、本当だ」

そう笑いながら、額に触れて、汗を拭う。この彼の手が、現実へ引き戻してくれた。

この世界を、まだあきらめないでとでも言うかのように。

柔らかな笑顔のまま、ポンポンと頭を撫でると、新太はそっと手を離す。

「はーっ……暑い！　近くのコンビニでアイスでも買ってこ！」

「お金は？」

「あ！　財布、家だ！　ていうか家の鍵開けっぱなし！」

しまった！　とはっとしながら、新太の足は家のある方向へと向けられる。それに続くように歩きだそうとした私の前にそっと左手が差し伸べられた。

「なに？」

「なぎさがまた迷子にならないように、ね」

この足が、心が、迷ってしまわないように、差し出された手。

その大きな手が導いてくれるのなら、夕焼けからもこの世界からも、今だけは逃げられずにいられる。そんな気がして、彼の手をそっと握った。

「帰ろう」

「……うん」

そうだね、帰ろう。

あせらず、逃げず、ふたり手をつないで、ゆっくりと歩いて。

第五章　おしえてよ

短い夢を見た。

それは、いつもと同じ夢。制服姿で踏切に向かって走る、あの日のこと。

だけどいつもと違うのは、飛び込もうとした手前で、腕を引き留められた。

振り向けばそこには、汗でまみれた新太の姿があって、あの日と今日の記憶が入り混じった夢だったことに気がついた。

何度も何度も繰り返すこの夢の中でも、彼の手は優しい。

＊＊＊

「……ん……」

そっと目をひらけば、そこは湯気で曇った浴室の中。

お湯を張った湯船にちゃぷ、とつかった体は、熱い温度にほぐれたのだろう、ほんの一瞬眠ってしまったらしい。

……危ない、浴槽で寝るなんて事故のもとだ。

目を覚ますようにお湯でばしゃばしゃと顔を洗って顔を上げると、のぼる湯気が、古い浴室内の小さな鏡を曇らせていた。

たぶん、ちょっと疲れていたんだと思う。体も、心も。

夕方の街を駆け抜け、新太とともにこの家に戻ってきてから、気づけば時刻は十八時になろうとしていた。

新太に先にお風呂に入るように言われ、こうして湯につかっているわけだけれど……。

落ち着いてみると、つい数時間前に起きた出来事がまるで夢のように感じられた。オレンジ色の空と、通りすがりの女の子たちの会話。たったそれだけのことに、フラッシュバックを起こしてしまうなんて。

自分の心の弱さはまったくと言っていいほど変われていなかったことを思い知る。一瞬で心は恐怖に襲われて、呑み込まれそうになった。あのとき、あの瞬間、新太が腕を掴んでくれていなかったら、私は……きっと。

その先にあっただろう光景を想像し、また震えだす濡れた手をぎゅっと握り締めた。けど新太は、家まで戻る道のりの間も、なにひとつ問い詰めることはなかった。なにも聞かず、ただ黙って手を引いてくれた。そんな新太のおかげで、心は徐々に落ち着きを取り戻したんだ。

どうして、だろう。

新太といると、心が軽くなっていくように感じられるのは。

「……ていうか、いいのかな」

思えば私、この家に来て新太に甘えっぱなしな気がする。

三食ごはんを作ってもらって、片づけも掃除も、全部新太がしている。

洗濯だけはさすがに、新太いわく買い替えたばかりだという最新式の洗濯乾燥機を使って、自分でやっているけれど。

これらの家事に加え、昼間も思ったように、新太には勉強もバイトもあるわけだし。

……なにか、私にもできることってないのかな。

けど私……不器用だから料理もできないし、掃除も下手なんだよね。

新太のほうが手際がいいから、下手にやったら邪魔かもしれない。

「はぁ……」

自分の女子としてのレベルの低さにため息をつきながら、ザバッと浴槽から上がった。

そして脱衣所へ出ると、そこに置いてあったはずの白いタオルがないことに気づく。

「あれ……?」

たしか私、持ってきておいたはず……。

きょろきょろとあたりを見渡せば、脱衣所の茶色い引き戸がかすかにあいている。

もしかして、トラが……そういやな予感がした、そのとき。

「あれ、なぎさー。トラが向こうで遊んでたタオルってもしかし、て……」

ガラッと思いきり開けられた戸と、そこから姿を現した白いタオルを手にした新太。

当然そこにいるのは、まだ濡れたままの体に布一枚すらも身に着けていない私で……。

「あ、えーと……」

「っ……イヤー!!」

いっきに込み上げる恥ずかしさをそのまま表すかのように手を振り上げる。

ためらいなく新太の顔を平手打ちすると、パーンッ！　と大きな音とともに、新太の「ぎゃあっ！」という短い悲鳴が響き渡った。


「さっきは、すみませんでした!!」

着替えを終え居間に戻った私に、新太は土下座をする勢いで頭を下げて謝った。そんな彼の左頬は、私の力いっぱいの平手打ちによって真っ赤に腫れ上がっている。

痛々しいその顔をどうするよりも、まず謝罪をする新太に私は不機嫌なまま容赦なくジロリと睨むような視線を向けた。

「……最低。変態」

『変態』、そのひと言に新太は慌てて顔を上げる。

「ご、誤解だって！　トラが廊下でタオルで遊んでたからもしかしてと思って持っていっただけで……なぎさが出てきたところだったとは思わなかったんだって！」

「言い訳とかホント気持ち悪い」

「言葉が鋭利《えいり》すぎるよ！」

必死に弁解する新太に、恥ずかしさからつい冷たい言い方をしてしまうものの、本当はトラのせいで起こったただの偶然だということもわかっている。

けど……いくらトラのせいとはいえ、本当に最悪だ。まさか、裸を見られるなんて。

しかも私の裸なんて、見てもなんの得にもならないようなもの……。

見られたことにも、自分の控えめな胸にも少し落ち込みながら、ふんと顔を背ける。

「でも大丈夫！　一瞬しか見てないから、本当に！」

「一瞬でも見たんじゃん」

「不可抗力！」

……けど、新太がこうしてあまりにも普通な態度でいることにも少し落ち込む。

そりゃあ新太みたいに、経験豊富そうな大学生にとっては子供の裸なんてなんともないんだろうけど……私ひとり恥ずかしくなってバカみたいだ。

いや、まぁあからさまに意識されても余計恥ずかしいんだけど……複雑。よくも悪くも変わらない態度が、新太らしいというかなんというか。

「……バカ新太」

「なんで!?」

八つ当たりのようにつぶやいた私に、新太はへこんだ。かと思えば、ふとなにかを思い出したかのように「あっ！」と声をあげた。

「そういえば、なぎさにプレゼントがあるんだ。たしか向こうに……」

プレゼント……？

いきなりなにを、と不思議に思っていると、新太が縁側のほうへ顔を向ける。そこにはなにやら白い袋に頭を突っ込んでいるトラの姿があった。

「って、あー！　こらトラ！　それは食べ物じゃない！」

「ニャアーン！」

「鳴いてもダメ！　いてっ！」

その光景を見た新太は急いで袋へ駆け寄り、トラを右手に、袋を左手に持ち、力ずくでトラを引き離す。遊ぼうとしたところを邪魔されたと感じているらしいトラに、爪をたてられパンチをされているけれど。

「新太、それなに？」

「今言ったでしょ。なぎさへのプレゼント」

あとを追うように縁側へ行くと、新太はその袋を私に手渡した。

これが、プレゼント……？

一体なにが、と見当もつかず、袋の中を覗き込む。するとそこには、花の苗らしい黒い小さなポットが三つほど入っていた。ポットの中に敷き詰められた土からは、緑色の大きな葉が芽を出している。

これ……花の苗？

たとえ花束でも驚いてしまうけれど、まさか花になる前の形でもらうとは思わず、一瞬固まってしまう。

けれど冷静に考えて、袋を新太に突き返した。

「……いらない」

「って、えぇ!?　まさかの受け取り拒否!?」

「もらったところでどうしたらいいかわからないし」

花なんて育てたことないし、園芸が似合うタイプでもない。これで遊べるのなら、むしろトラのほうが有効活用してくれる気がする。

袋ごと返そうとする私に、新太はトラとの戦いをやめ、その小さな体をそっと床に下ろした。

「なぎさ、おいで」

「へ？」

そして私を手招きし、サンダルを履いて庭に出ると、端に置かれた古い植木鉢を取り出し、その場にしゃがみ込む。

庭へと出ると、不意にひゅう、と吹く海沿いの冬の夜風が東京よりあたたかいのを感じた。

「ここに土を入れます！」

「へ？　う、うん」

「そして苗を入れて、毎日水をあげるだけ！」

隣にしゃがんで見ていれば、手早く苗を植えた新太は、土で汚れた手をパンパンッと払う。

「これ、なんていう花？」

「たしかビオラだったかな。もう芽が出て時間経ってるから、半月くらいで花が咲くと思うよ。育っていくの見るうちに、愛情も湧いてくるしね」

愛情、ねぇ……。

花を育てるのなんて、小学生の頃に授業でやった以来だ。

園芸なんて柄《がら》じゃないけれど、まぁ毎日ヒマだし……水やりくらいならしてもいいかもしれない。

そんなことを考えながら、もうひとつの苗も植えようと袋から取り出す新太の手もとをじっと見つめた。

「これ、わざわざ買ってきたの？」

「ううん。庭づくりが好きだったじいちゃんが残した花の種を俺が植えてここまで育てたんだ。で、だいぶ大きくなってきたから、プランターに移そうと思って」

新太の視線が向く先を追いかけるように見れば、庭のいたるところには、枯れてそのままになった草花や、空っぽのままの割れかけのプランターが置かれている。

やっぱり、昨日思ったとおり庭づくりはおじいちゃんの趣味だったんだ。

「でもいいの？　おじいちゃんが大事にしてた花を勝手に育てたりして」

「大丈夫だよ。むしろじいちゃんが笑っちゃうくらい、庭中を満開にしてやろうと思って」

空の上からこの庭を見て、驚き笑うおじいちゃんを想像しているのだろう。

へへ、と笑うその顔は子供のように無邪気で、おじいちゃんのことが大好きな気持ちが伝わってくる。

「だから、そのお花係を最初はなぎささに任せようと思って」

「任せるって……そんな大したことじゃないじゃん」

「小さなことからコツコツと。できることから始めるのが大切、ってね」

そう笑って、新太は土のついたままの手で私の手をそっと掴んで土に触れさせた。

ドキ、と小さく胸が鳴り、少しとまどってしまうのは、ひんやりとした土の温度と、あたたかい新太の体温とにはさまれたせいか。それともその手の大きさを感じたからか。

……わからない、けど。

新太が言ってくれたことは、まるで、さっき浴室で私が抱えていた気持ちに答えてくれているかのようだ、と思った。

『私に、できることはないのかな』

大きなことじゃなくていい。

小さなことから、ひとつひとつ、やっていこう。

ゆっくりと前を向かせてくれるようなその言葉が、うれしい。

「なぎさが帰るときには、ひとつ持って帰ってもいいからね」

……ところが、瞬間、新太から発せられたそのひと言にピク、と動きが止まる。

『帰るときには』

そのたったひと言で、現実に返される。

一瞬この頭の中から抜け落ちていた〝一週間〟という期限を、再度しっかりと言い聞かされた気がした。

私がここにいていいのは、一週間だけ。

どんなにここの居心地がよくても、どんなにあの場所に帰りたくなくても、必ず終わりはやってくる。

……やだ、な。

帰りたく、ない。ここにいたい。

もしかしたら新太も気が変わって、もう何日かならって頷いてくれるかもしれない。

そんな淡い期待を込めて、口をひらいた。

「……ねぇ、新太。ずっとここにいちゃ、ダメ?」

隣にしゃがんだまま、ぼそ、と問いかける。

けれど新太は、私からそう問いかけられることをわかっていたかのように小さく笑った。

「最初に言ったでしょ。期限はどんなに長くても一週間、って」

「けどっ……」

私が続けようとした言葉を遮るように、新太は静かに首を横に振る。

「ここは、永遠じゃないんだよ。ここにいるだけじゃ、進むことも戻ることもできない」

永遠じゃ、ない。

そんなことわかってる。わかってるけど、ううん、わかってるからこそ、そうあってほしいと願ってる。

「……私は、進みたくなんてないし、戻りたいとも思わない。このままでいい……こここにいたい」

前に進めなくても、来た道を戻れなくても、いい。

ここに、いたい。

「負担に思ってるなら、手伝いもするから。バイトもして、お金だって入れるし……」

だから、一週間なんて言わないでよ。

そう伝えるように、私は新太の黒いジャージの袖をギュッと握る。

けれど、新太が見せたのは、眉を下げ悲しげに目を細めた笑顔。それは私の幼いワガママに対して向けられたものなのだと、瞬時に理解した。

『私は、ここにいちゃいけない』

一ミリの期待も持たせてくれない、そんな彼の思いが、声になんて出さなくても、伝わってくる。

初めて、新太から感じた〝拒絶〟だった。

拒まれた。

居心地がいい、なんて感じていたのは私だけ？　新太にとっては迷惑だった？

本当はもういやなのかもしれない。私が気づかず自惚《うぬぼ》れていただけで、新太は私のことなんて邪魔なのかもしれない。

〝かもしれない〟、そんな言葉が積み重なるうちに、込み上げるのはいやな記憶ばかり。

……あぁ、また重なる。今と過去が、重なっていく。

『邪魔なんだよ。いるだけで迷惑なんだよ』

聞こえないはずの言葉が、聞こえてくる。

どこまでいっても変わらない。どこでも私は、結局こういう存在でしかいられないんだ。

迷惑、邪魔、いらない、存在。

それらを感じた途端、新太の服を握っていた手からは力が抜け、私はそっと手を離す。

「……新太も、やっぱり私のこと、迷惑だって思ってる?」

「……そうじゃない。迷惑とか、邪魔だとか、そういうことじゃなくて」

「じゃあなに!?」

ひどく取り乱す私に対しても新太は冷静なまま、こんなときまで目と目を合わせて話をしようとしてくる。そんな真っ直ぐさから、逃げるように立ち上がる。

「中途半端に優しくするくらいなら、優しくなんてしないでよ……」

そして逃げるようにその場を歩きだそうとすると、新太は引き留めるように私の腕を掴んだ。腕にぐっと込められた力は痛いくらい強く、こんなときになって、彼が自分とは違う、男性であることを思い知る。

「やだ、離して……」

無言のまま腕を掴む新太の表情に、いつもの明るさや優しさは見えなくて、その感情は読めない。

初めて見る顔、だ。

これまでなにひとつ深く聞いてこようとしなかった新太は今、その目で真っ直ぐに、私の心と向き合おうとしてくる。

いやだ、見ないで。突きつけないで。弱いままの私の心、を。

進む？　どこへ向かって進めばいい？

あの場所に戻っても、記憶が足を引っ張って、どうせどこにも進めない。

戻る？　どこからならやり直せる？

どこからやり直せば、こんな私に辿り着かずに生きていけたの。

進めない、戻れない、ここにもいられない。

なら私はどうしたらいい？　どうしたらよかった？

わからないよ、どんなに考えても苦しんでも、わからない。

こんな風に、また、苦しい心に溺れそうになることを繰り返すのなら。

「……やっぱりあの日、死んじゃえばよかったんだ」

ぽつりとつぶやいた、たったひと言。けれどそのひと言に、それまで冷静だった新太の瞳は強く揺れて、握る腕にいっそうの力を込める。

「……死んじゃえばなんて、本気で言ってるの？」

問いかける新太の瞳の奥底には、冷ややかな怒りが見える。

怒ってる。さっきまでわからなかった彼の感情が、今度は確かに、はっきりとわかる。

「死ぬってことが、どんなことかわかってる？　自分が、周りがどんな思いをするか、本当にわかってる？」

「っ……うるさいな!!」

そんな新太の腕を振りほどき、荒らげた声は大きく、静かなこの町中に聞こえてしまいそうなほど響く。近所迷惑かもしれない、けど、止められるほどの冷静さなど保てない。

「新太には私の気持ちなんてわからないよ！　皆に否定されて、苦しくて、痛いだけの毎日も……それを誰にも言えないつらさも！」

どうして皆、わかりもしないくせに、綺麗事ばっかり並べるの。

「死んじゃダメとか、生きろとか、そう言うなら、なんでダメなのか教えてよ！　なんで、なんでっ……」

自分の命の終わりを、自分で決めてはいけないの？

じゃあ教えて。

生きる意味を、ラクになる方法を、苦しみからの逃れ方を。

教えて、よ。

「それは……」

一度なにかを言いかけて言葉を詰まらせる新太の、一瞬力のゆるんだ手を振りほどき、そのままサンダルを乱暴に脱ぎ捨て、家の中へと戻っていった。

大きな足音をたて自分の部屋へと駆け込むと、思いきり戸を閉める。

バン！と力強く閉じた戸が、すべてを遮るように。

本当は、心の底ではわかってる。いつまでもここにはいられないこと。

いつか、帰らなくてはいけない。その現実ときちんと向き合えるように、新太は期間を定めたこと。

だけど、臆病なこの心はその優しさにどこまでも甘えようとしていた。

新太と出会って、その優しさに触れて、少しずつ世界が変わる気がしていた。この街の空気は、景色は、今まで私が知っていたものとは違うから。

世界はもっと広いこと、あたたかな手があること。知れた気が、していたんだ。

けど、世界が変わろうと広かろうと、私はずっとこのままだ。

つらくて、怖くて、弱いまま。なにも変わらない自分が箱から出ても、いまだそこは箱の中。

このままでいい、変われなくていいんじゃない。ただ、変わる勇気がないだけだ。冷静になれば自分の本音なんてこんなにもわかっているのに。恐怖心が、冷静さを失わせる。心を闇で覆うように、なにもかも見えなくしていくんだ。

込み上げるのは、いやな記憶ばかり。

痛い、苦しい、つらい。

答えがないのなら、踏み込まないで。

真っ暗なままの世界に、心が沈んでいく。

第六章　心は、ここに

『……やっぱりあの日、死んじゃえばよかったんだ』

そうつぶやいた彼女の目は、深い海の底より暗い闇の色をしていた。

どうして、そんなことを言うんだ。

どうして、そんな悲しい目をするんだ。

君を思う人が、この世界にいるのに。

＊＊＊

「……ん……」

ぱち、と目を覚ますと、窓から見える空は今日もよく晴れた青空。

……朝、だ。

どんなに気分が上がらなくても、朝はやってくるから不思議だ。

寝ぼけた目であたりを見渡し、昨夜は部屋に戻らず居間で寝てしまったことに気づいた。

なぎさのことを考えるうちに、いつの間にか眠ってしまったのだろう。テレビと電気はつけっぱなしだし、畳の上でひと晩寝たおかげで体も痛い。すっきりとしない気分で迎えた朝だ。

けれどそれでも起きるか、と俺は起き上がり、うーんと思いきり伸びをした。

居間の掛け時計が指す時刻は、朝六時。だいたいいつもどおりの起床時間だ。

縁側の戸を開け、空気を入れ替える。そして朝食の支度をしつつ、そのうちどこからかやってくるトラのためにエサ箱にエサを入れてあげる。

いつもと同じ、変わらない。

……そろそろラジオ体操の時間だ。

そう思うけれど、きっと今日は来てくれないだろう。

けど、もしかしたら。なんてほんの小さな期待を込めて、一階の奥にあるなぎさがいる部屋に向かうと、戸をトントン、とノックした。

「なぎさー、起きてる？」

けれど、やはり反応はない。少し待っても返事も聞こえてはこない。

きっと起きていると思う。

昨日のことを思うと、きっと眠れないだろう。……繊細な子、だから。

その心に触れるように、きちんと向き合いたい。そう思うと言葉があふれだしてくる。けれど今はそれをぐっと抑え込んで。

「……俺もうちょっとしたら学校行くから。ごはんは、ちゃんと食べてね」

俺はその場を後にした。

そして居間へと戻り朝食をとると、自分の身支度をし、なぎさの分の昼食も用意して、足早に家を出た。

本当は、今日は学校なんてないんだけど。

けれど、俺が居間にいたらなぎさも出てきづらいかな、と思った結果、小さな嘘とともに家を出ることにした。

床もドアも、すべてが古い家を出ると、波の音が遠くに聞こえ、冬の海の匂いがする。

自宅がある街よりも、好きな匂いだ。

少し散歩でもして……夕方くらいに帰ろうか。

そんなことを思いながら、道を下ると、海岸沿いの道に出た。ザザン……と波が寄せる音とともに目の前には広大な海が広がっている。

いつの日も、変わらない景色。

この音も光景も、匂いも、肌で感じる風も、すべてが好きだ。

思いきり息を吸い込み、深く呼吸をすると、冬の風が肺に入り込んでくる。

「……いい天気、だなぁ」

誰に向かって言うでもなく、小さくつぶやくと、青い空を見上げながら、海沿いの長い道を歩きだした。

湘南の海の近くにある、少し古い一軒家。

そこに住む父方の祖父であるじいちゃんは、子供の頃から俺をよく見てくれていた人で、正直親よりも親らしい存在だった。いいことも、ときには悪いことも教えてくれた人だ。そのじいちゃんの家に住み始めたのは、中学三年になって間もなくのこと。

古くて、ところどころ使い勝手も悪い家。だけど居心地のいいあの家が好きで、気に入っている。

もちろん、家だけでなくこの町も好きだ。夏になれば活気であふれ、冬になれば静けさが漂う。海というのは様々な顔を持っているのだと、ここに住んでからいっそう感じた。

こんな日々がずっと続くと思っていた、半年ほど前のある日――。


『ニャー……ニャァー……』

『なんだよトラ……こんな時間に。お腹でも空いた？』

六月初めの雨の降る音が窓の外に響く中、深夜二時にトラの声で起こされた俺は、渋々台所へと向かった。

ところが、そこにあったのは台所で倒れたじいちゃんの姿。

『じいちゃん!?　ねぇっ……しっかりして!!』

意識を失っているのか、声をかけてもじいちゃんは反応してくれない。

そんなじいちゃんに俺はパニック状態になって、うまく言葉もまとまらないまま救急車を呼び、そのまま病院へ向かった。

そのときは幸い一命を取りとめたけれど、そこで医師から告げられたのは、聞きたくない現実だった。

じいちゃんの心臓がもうもたないということ。

これまで何年も病を隠ししのいできたのだろうことと、残りの命はあと三ケ月ほどしかないこと。

年齢や体力から見て、治療は難しく、限界があること。

『人はいつか死ぬもんさ。仕方ない』

意識を取り戻したじいちゃんは、か細い声でそう言って、悲しむ様子も見せずに笑っていた。

けどそんなこと言われたって、受け入れられるはずがない。仕方がない、わけがない。

いつか死ぬなんてそんなことわかってるよ。けど、だからって、なんで今なんだよ。

なんで今、なんでこれからって時に。

なんで、なんで、なんで。

『いやだ、いやだ……じいちゃんが死んだら、いやだ』

『……いつまでも泣き虫な孫で困るなぁ』

なにもできず、そう泣いて、じいちゃんを困らせることしかできなかった。

そして三ケ月ほどが経った頃、その日は無情にもやってきた。まだ夏の暑さが抜けない九月の頭に、じいちゃんは息を引き取った。

あの日のことは、今でもしっかりと覚えている。

窓の外には青い空が広がって、陽の光に照らされた真っ白なシーツが、目に痛いくらい眩しかった。

そんな景色の中で、じいちゃんは細い目をそっと閉じ、呼吸を止めた。

ピー……と鳴る、無機質な機械の音を聞きながら、じいちゃんの痩せた手をそっと握ると、ほんのすこしなまぬるい体温が段々と冷えていくのを感じた。

死の瞬間を感じながらも、涙は出なかった。

今この瞬間を現実として受け入れることができなくて、夢のようにも思えていたから。

この景色はすべて夢で、ふと目を覚ましたらもとどおりの、じいちゃんとトラと過ごす日常があるんじゃないか。いや、あってほしい。

だから、いかないで。ここにいて、もう一度笑ってよ。

叶わないとわかっていても、何度も何度も、心の中で繰り返した。けれど、実際目を覚ましても現実はなにも変わってなんていなくて、バカみたいな願い事を心の中で繰り返す自分にあきれて渇いた笑いが漏れた。

それからは、慌ただしい日々だった。周囲への連絡や葬儀の準備など、悲しみにくれるヒマもないほどバタバタと動くうちに毎日が過ぎていった。親戚やじいちゃんの友人、近所の人、いろんな人に励まされて、心配をかけまいと笑みを見せた。

何度も何度も『大丈夫』と言葉にする度、次第に本当に大丈夫に思えてきた自分もいた。

大丈夫、ひとりでも。

大丈夫、なんとかなる。

大丈夫、寂しくなんてない。

けれどじいちゃんの葬式が終わり、誰もいなくなった居間を見たとき、いっきに全身の力が抜けてしまった。力なくその場に座り込むと、それまで言い聞かせていた『大丈夫』の言葉が自分の中でいっきに砕け、涙となってこぼれだした。

ひとりに、なった。

じいちゃんは、もういない。

ようやく込み上げてきた実感は、俺によりいっそう強く、孤独や悲しみ、絶望を突きつけた。

朝起きて、一緒にラジオ体操をして、朝食を食べて、『気をつけてな』と送りだしてくれる。帰ったら笑顔で出迎えて、夕食を食べながらその日の出来事の話を聞いてくれる。

そんな、じいちゃんとのあたりまえの景色がないのに、〝いつも〟の日々が訪れる。俺にとってはいつもの景色なんかじゃないのに。

それが当然かのように、日はのぼり、暮れ、星は輝く。世界はなにも変わることはない。

大きな悲しみに呑まれ、深く落ち込み、それを忘れたいがために、俺も日常へと戻っていった。

けれど、普通に大学に行って、普通に生活をしているつもりでも足取りはどこか重い。いつだって不意に、心が闇に呑まれそうになる。

俺は、なんのために生きているんだろう。

目標も夢も、すべてはじいちゃんがくれた世界にあった。

大学に通って、叶えたいと思う夢の先にあったのも、じいちゃんに恩を返すことだったから。

けれど、それが叶わない今、俺はなんのために生きたらいいのだろう。

完全に、心は迷子だった。

けれどそんなとき、ある人がくれた言葉に、俺は救われたんだ。

『生きる理由なんてこれから見つけていけばいい。生きてくれてさえいればそれでいい。お前のじいちゃんも、きっとそう願ってるよ』

それは、綺麗事のようにも聞こえたし、想像でしかない言葉だとも思った。ただ、この人が本当にそう心から願っているということだけは伝わってきた。だけど、どんなに強く思っても願っても、目に見えない思いは、完全に伝え合うことなんてできない。

そう思うと、俺も、もっとじいちゃんに思いを伝えればよかったって、ひとつの小さな後悔が生まれた。

もっと、伝えたかったよ。ありがとうも、ごめんも、大好きだって気持ちも。もっと、もっと、あきれられるくらいに伝えたかった。

だけど、いや、だからこそ。これから出会うものにはいつだって正直でありたいと、じいちゃんが亡くなってから初めて〝これから〟のことを考えた。

いつか、生きていてよかったと思えるほどのことと出会えるのだろうか。

いつか、こんな自分も誰かのためになれるのだろうか。

そのときに、そのことを一緒に喜んでくれる人がいるのだろうか。

〝いつか〟、その希望に胸は膨らんで、悲しいだけじゃない涙が頬を伝って落ちた。

いつか、そんな俺を見て、じいちゃんが空の上から笑ってくれたらいいな。なんて、笑いながら泣きじゃくった俺に、その人は優しい目で頷いてくれた。

あの日もらった言葉は、今でも俺を支えてくれている。


「生きてくれてさえいればそれでいい……か」

その思いを、伝えよう。俺の口から言って、どれほど伝わるかなんてわからない。けれど、今なぎさと向き合わなかったら絶対に後悔する。この限られた時間の意味が、なくなってしまうから。

伝える、よ。

そう心に決めて見つめた海は、今日も水面がキラキラと輝いていた。

第七章　小さな光

暗闇に落ちていく意識の中、遠くから、電車の音が近づく。

気づけば夢の中で、私はまた線路の上にいた。

大丈夫、怖くないよ。

このまま待っているだけでいい。

この世界よりつらいことなんて、きっとないから。

そう自分を安心させながら、ふと顔を上げると、そこには新太が立っていた。

こんな夢の中でも、私の心と向き合おうとするかのように。

どうしてそんなにも向き合おうとしてくれるの？

どうして、どうして、なんで。

＊＊＊

ふと目を覚ますと、そこは明るい部屋の中。

かすかに開けたままだった障子から見えた空の色は、爽やかな青色だった。

今、何時だろ……。

寝起きでぼーっとする頭で、目を凝らせば、壁に掛けられた時計は十四時過ぎを指している。

もうこんな時間……半日、寝ちゃった。

昨夜、新太と言い合い、部屋にこもってから、ぐちゃぐちゃな頭を抱えてうずくまるうちに、夜は明けていた。

今朝新太はいつものように声をかけてくれたけれど、それに向き合うこともできず……布団に身を隠すうちに気づけば眠ってしまっていたらしい。半日近くこもりきりで、喉は乾燥しているし、ここ最近の規則正しい生活のせいか、お腹もすいた。

……けど、新太と顔合わせるの、きまずいな。

ひと晩経って冷静になった頭で考えれば、昨夜の私は新太に対して当たってしまったんだと思う。

このままここにいたい、なんて無理だとわかっていた。けど新太ならもしかして、なんて勝手に期待をして裏切られた気持ちになっていただけ。

そこからどんどん、気持ちはヒートアップしてしまって……最低だ、私。

あきれたかな、結局なにを言っても無駄だと思われたかな。

『新太にはわからないよ！』

弱い私の、ただの八つ当たり。感情にまかせて言葉を浴びせるなんて、今まで自分がされてきたことと同じことを彼にしてしまった。

……謝らなくちゃ。

罪悪感に胸を押し潰されそうになりながら、私はゆっくりと立ち上がり、音をたてないように居間へ向かう。

新太と顔を合わせるのはきまずいけど、このままでいるのもいやだ。悪かったのは自分だし……『ごめんなさい』って、ひと言伝えよう。

そう勇気を出して居間をコソッと覗き込む。けれど、そこには誰ひとりの姿もなく新太はいない。

あれ、新太、いない……。

そう思いながら一応台所も覗き込んでみるものの、そこにもやはり新太はいない。

そこでようやく、新太が今朝『学校へ行く』と言っていたことを思い出した。

そっか、学校ってことはまだ帰って来ないよね。いつも家にいるのがあたりまえのような感覚だったから、忘れていた。

代わりにどこからかやってきたトラが、『やっと起きた？』とでもいうかのように私の足にすり寄ってきた。

「トラ……おはよ」

「ニャー」

足もとにいるトラにそう声をかけると、不意に目に入ったのは台所のテーブルの上に置かれた、ラップがかけられたお皿。よく見ればそれはオムライスで、きっと新太がお昼ごはんにと作り置きしておいてくれたものなのだと思う。

そのお皿を手に取り見つめれば、横には【ごはんはきちんと食べること。——新太】と丁寧な字で書かれたメモが残されている。

……嫌われたっておかしくないのに、どうしてこんなにあたたかいんだろう。

新太はこんなに想ってくれているのに、その優しさに触れるほど、弱いままの自分がいやになる。

どんなに窓を広げても、私の世界は暗く小さく、変われないまま。

なんのために生きてきて、なんのために生きていくの。どうして生きなければならないの。

理由なんて、わからないよ。命を大切になんて、そんなの綺麗事だ。

私ひとりいなくなろうと、誰の世界も変わらない。

どんどん、どんどん、と、また心が沈んでいく。

すると、突然響いたガチャン！　という音に、ふっと我に返った。

足もとを見れば、先ほどまで手にしていたお皿が床に落ち、せっかくのオムライスもグチャグチャに散らかってしまっている。

ぼんやりとしているうちに手から力が抜けていたようで、お皿を床に落としてしまったらしい。

「あ……やっちゃった」

割れたお皿と、散らかったオムライス。それらに興味を示すように、トラは近づいてくる。

「ダメだよトラ、向こう行って」

人間の食べ物を食べてしまうことを避けたいのはもちろん、割れたお皿の破片が足にでも刺さったら大変だ。

けれど当然、猫であるトラにはそんなことはわかるわけもなく、落ちているごはんの香りに引き寄せられ、その足は小さなかけらを踏んでしまいそうになる。

あっ……危ない！

「トラ！　向こう行ってってば！」

あせる思いと先ほどまでの不安定な気持ちからつい声を荒らげると、トラはビクッと跳ね、その場から台所のテーブルの上に逃げた。その丸い目は、怯えたように私を見ている。

あ……まずい、怖がらせたかもしれない。

そういえば、『ビビりなんだよねぇ』と以前新太が言っていたトラの性格を思い出す。

「トラ、びっくりさせてごめんね。こっちにおいで」

そう精いっぱい優しく言って手を差し出す。ところが、私の顔つきはいつもと違って見えるのだろうか、知らない人に対して怯えるように、トラはじりじりと窓のほうへ近づく。

そして『あっ』と思った瞬間、わずかにひらいていた台所の小さな窓から、外へ飛びだしていってしまった。

「あっ……トラ!?」

すぐ近くの勝手口から、慌てて外へ回り追いかけるが、塀を越え出ていってしまったようでその姿はもうない。

どうしよう、トラ普段は家の敷地から外に出ないって言ってたのに。私のせいだ……早く、探さないと。

身なりを整える余裕すらもなく、適当に履いたサンダルのままの足もとで、急いで家の周りを駆け回る。

トラ、トラっ……！

家の裏や前、近くの細道から少し離れた先の大きな道路。わかる範囲の場所を駆け回り探しても、トラの小さな姿は見えない。

「トラっ……トラー！」

大きな声をあげてもなにも反応は返って来ず、耳を澄ませてもその声は聞こえてこない。

青い空がオレンジ色に変わった頃、冬の冷たい空気の中、私の額には大粒の汗が滲む。熱い息を上げどれほど探しても見つからないトラに、もしかしたらもう帰ってきているのかも、と微かな希望を抱いて一度家へ帰る。けれど、家中を探してみても、やはりトラは帰ってきていなかった。

「トラ……」

いない。その事実に、愕然とするように私は居間の入り口でぺたんと座り込む。

トラ、どこに行ったんだろう。このまま見つからなかったらどうしよう。

どこかで事故に遭っていたら？　怯えて動けないままでいたら？

不慣れな世界で、ひとりきり。

その小さな姿を思って不安からあふれる涙は、ポタ、ポタッ……と床を濡らす。

私のせいなのに、泣くしかできない。見つけだすことも、なにもできない。

私は、なんて頼りなくて、弱くて、非力で。

私は

私　は

「なぎさ？」

不意に名前を呼ばれて、ふと我に返る。

声の方向を見れば、廊下の端にはちょうど帰ってきたばかりの新太が、スーパーの白い袋を右手に持ちこちらを見ていた。

「どうしたの？　なんで泣いて……？」

新太は事態がまったくわからない、といったように困惑した顔を見せる。

新太に助けを乞うなんて、昨夜あんな態度をしておいて、都合がいいと思われるかもしれない。けど、トラを探すために、私ひとりの力ではどうにもならないのなら、余計なことを考えているヒマはない。

……頼ることを、しよう。

「……あ、らた……」

どうしたらいいかがわからないの、トラが見つからないの。

私にはなにもできなくて、こんな自分が情けなくて、かっこわるい。

頼るしかできない、悔しさ。

だけど、頼れる人がいることに、なによりも心強さを感じられる。

「っ……たす、けてっ……」

涙で詰まる声から、精いっぱいしぼり出したひと言。その言葉に、新太は手にしていた袋を放り投げるとこちらへ駆け寄り、私をぎゅっと抱き締めた。

「……なにがあったの？　ゆっくりでいいから、教えて」

包むように抱き締める力強い腕と、優しく問いかける声に、涙がいっそうあふれ出す。

ごめんなさい。情けなくて、強くなれなくて、こんな私でごめんなさい。

苦しさと悔しさと申し訳ない気持ちで涙が止まらなくなってしまう。

けれど、新太はこんな私のことすらも、こうして受け止めてくれるから。その優しさに、心はぎゅっと包まれる。

「トラが……いなくなっちゃったの……」

「トラが？」

「私が、強く怒っちゃって……びっくりして、窓から飛び出して……ずっと探してるんだけど、いないのっ……」

子供のように嗚咽まじりで必死に伝えると、新太は私を抱き締めたまま、「そっか、よしよし」と私の頭を優しく撫でる。

「ごめんなさい、私のせいで……トラがっ……」

「なぎさのせいじゃないよ。窓開けっ放しだったのは俺の不注意だし、あいつも弱虫だから。ちょっと怒られるとすぐパニックになっちゃうんだよね」

決して私を責めることのないその言葉は、穏やかで優しい。

「ひとりでよく探し回ったね。じゃあここからはふたりで探そう」

「見つかるかな……大丈夫、かな」

「大丈夫。だから、行こう」

『大丈夫』、そう言いきってくれる言葉に、安心する。

それがたとえその場しのぎの嘘だとしても、こんなにも愛しい嘘はないと感じられた。

涙を手で拭いうなずいた私に、新太は微笑み、手を引いて家を出た。

「とりあえず、このあたりをまた全部探してみよう。木の上から茂みの中まで、くまなく探すんだ」

「……うん」

「あとは、全力で名前を呼んであげて。聞こえたらきっと、応えてくれるはずだから」

その大きな手は、教えてくれる。

大丈夫、大丈夫だよ、って。

だから今は、信じて名前を呼ぼう。

「トラー！　おーい、トラー！」

「トラーっ！　どこにいるのー!?」

それから私と新太はふたり、ひたすらその小さな体を探し回った。

家の周りや近くの公園、茂みの中まで、喉が枯れそうになるほど大きな声で名前を呼びながら探したもののトラは依然として見つけられず……。

気づけばあたりは真っ暗で、冷たい空気に星がきらめく、冬の夜空が広がっていた。

「いない……」

「ったく……どこ行ったんだか」

考えだすとまたよぎる不安に、自分の顔がゆがむのを感じた。

「大丈夫かな、トラ……さらわれたりとか、事故とかっ……」

「大丈夫だよ。まったく知らない人にも車にも近づかないし」

「でも、もしもなにかあったら……」

ついいやなことばかりを考え感情的になってしまう私に、新太は『落ち着いて』というように、つなぐ手にぎゅっと力を込める。

「とにかく、もう一度家に帰ってみよう。暗くなってきたし、あとは俺ひとりで……」

そう新太とともに家の方向へ歩き出そうとした、そのとき。不意に視界に入ったのは、住宅地の中にひっそりとある、人ひとりが通れるくらいの細い道。

「新太、ここ……」

「ん？　あ、そういえばこんな道もあったっけ」

歩き慣れた新太ですらも見逃してしまうようなひっそりとした道に足を止めると、私たちは『もしかして』という期待を込めて入っていく。

ただでさえ細い道を塞ぐように置いてあるゴミや荷物を避けながらその道を抜けると、そこは車が一台通れるくらいの道につながっていた。

きょろ、とあたりを見渡せば、道路の端には街灯に照らされるように横たわる茶色い背中が目に入る。

「トラ！」

思わず駆け寄りその姿をうかがうと、やはりそれはトラだった。トラは横たわり、目を閉じたまま動かない。

「……トラ……？」

「トラ！　おい、トラ！」

どちらの声にも反応しないトラに、私と目を合わせる新太はきっと同じことを考えているのだと思う。

「……う、そ……」

車にぶつけられたのか、塀から落ちてしまったのか。その場にただ横たわるトラに、それまで散々駆け回り熱いはずの全身からはサーッと熱が引く。足もとからは力が抜け、私はその場に膝をつき座り込んだ。

嘘。そんな、トラが死んじゃうなんて。

さっきまで普通に生きていたのに。

いつもみたいに、鳴いて、歩いてくれないなんて。

「……やだ……」

やだ、いやだよ。

「死んじゃ、いやだぁっ……！」

名前を呼び続け枯れた声で叫ぶと、大粒の涙があふれる。

私よりももっと泣きたいはずの新太は、言葉なく、右腕で私の頭を抱き寄せてくれた。

きっと自分が泣いてしまえば、ふたりとも立ち上がれなくなってしまうから。だから新太は、悲しみを言葉に表すこともなく、こらえているのだろう。

だけど、その腕に込められる力から、悲しみが言葉にしなくても伝わってきた。

胸が、痛い。

新太の痛みが伝わって、苦しい。

その悲しみが、この胸の奥に突き刺さる。

「トラ……」

新太は私を右腕で抱き寄せたまま、空いている左手でトラの体をそっと撫でる。はかないものを愛するような、その優しい指先は、不意にピク、と止められた。

すると新太は私の手をとり、トラの体に触れさせる。ふわ、とした柔らかな毛の感触と、あたたかな体温がじんわりと伝う。

……まだ、あたたかい。

当然だよね。生きて、いたんだから。

指先から感じる、トクン、トクン、という小さな鼓動《こどう》。

それとともに、『スー……スー……』と聞こえる薄い寝息。

そうだよ。こうして鼓動を鳴らして、息をして、生きて、いた……。

……って、ん？


「寝てただけですね」

「ニャア〜」

トラが生きていることに気づき、とりあえずと連れてきた動物病院。そこで獣医から告げられたのは、ある意味とんでもないひと言だった。

驚きのあまりすぐに声が出ない私たちの代わりに、目を覚ましたトラの元気な鳴き声が響く。

「……え？　だって、道路で横になってて……」

「恐らく昼寝してそのままだったんでしょうね。よかったですね、車来なくて」

細い目を下げて、人のよさそうな優しい笑顔を見せた獣医の「念のため検査してみますので待合室でお待ちください」という言葉を受け、私たちは待合室に戻る。

長椅子に座る私と新太、お互いの顔には苦笑いを浮かべて。

見渡せば夜の動物病院ということだけあり、そこには自分たちしかおらず、静かな空気だけが漂った。

「昼寝って……、昼寝、昼寝かぁ……」

「まぁ、トラらしいっちゃらしいけど……」

安堵から脱力感におそわれ、涙はすっかり止まってしまった。

それは新太も同様のようで、気が抜けたようにぐったりとした声を出した。

「でもよかった……本当に死んじゃったらどうしようって思ってた」

「まぁそうだろうね。すごい大泣きしてたもんね」

「なっ！」

そう言われて思い出すのは、先ほどの大泣きしていた情けない自分。にこ、と悪意なく笑って言う新太に、余計恥ずかしさは増す。

「でも、俺となぎさが向き合って話すきっかけを、トラがくれたんだろうね」

「え？」

「昨日なぎさが言ってた、『なんでダメなのか』ってこと。なぎさに伝えたくて、でもどう切りだしたらいいのか、今日一日考えてた」

『教えてよ』

その言葉に対する答えを、どう私に伝えるのか、考えてくれていた？

目を丸くした私を、新太は真っ直ぐに見つめてうなずく。

「ある人からの受け売りなんだけどさ、生きていく理由なんてこれから見つけていけばいいんだよ」

「え……？」

「今はなにもなくても、これからの長い人生の中で、いろんな人やものと出会って、いつか『このために生きてきたんだ』って、思えたらいいと思う」

静かな待合室の中、迷いもためらいもない新太の言葉だけが響く。

「けど今、その胸にひとつ覚えておいてほしいことがある」

「覚えておいてほしいこと？」

「なぎさには、なぎさを生んで育ててくれた両親がいる。ふたりも、ちゃんとなぎさを思ってる。たとえ今は敵ばかり見えていても、長い人生にはそれ以上の味方が待ってる」

私を生んで、育ててくれた両親が思ってくれている。

この世界にいるのは敵だけじゃない。

これから先の世界には、たくさんの味方が待っている。

そんな、なんの証拠もない言葉。だけど新太が口にするだけで、不思議とひとつひとつに小さな希望が感じられた。

「その人たちは、さっきなぎさがトラに思ったことと同じように、なぎさのことを思ってる。生きてほしいって思ってるよ」

さっき私が、トラに抱いた思いのように。

『死んじゃ、いやだぁっ……！』

失うかもしれないと思ったら、ひどく悲しくて寂しくて、涙があふれた。

失いたくない。生きていてほしい。そう、思ってる。願ってる。

「それは俺も同じだよ。なぎさがいなくなったら寂しい。一方的な願いかもしれないけど……一度はそこから逃げたって、他の道を探してでも生きてほしいって願ってる」

悲しくともつらくとも、迷おうとも、一度はそこから逃げたとしても、生きていてほしいって、思ってる。言い聞かせるように、膝にのせられていた新太の手は、私の手をそっと握った。

その大きな手が、私の手を包み込んでしまう。少し汗ばんだ、けれど確かな、彼の体温が愛しい。

その言葉をただ黙って聞く私に、その目はそっと細められた。

「人にうとまれ生きていくのは、つらいよね。痛いよ。だけど、この世界には願ったって生きられない人もたくさんいる。その人たちにとって明日が来るのはあたりまえじゃない……奇跡に近い日もある」

あたりまえに目が覚めて、あたりまえに息をする。そんな朝は、皆に平等に訪れるわけじゃない。

望んでも生きられない人、突然命を失う人もいる。私が憂鬱《ゆううつ》に思う朝も、その人にとっては奇跡の朝なのかもしれない。

「だから、生きてやろうよ。これでもかってくらい生きて、楽しいこともいやなことも経験して、全部自分の糧《かて》にしてやろう」

それが新太が私に伝えたいと思ってくれていた、生きる理由。

『その人たちのために』

新太が言ってくれたその言葉に、今さら気づく。

私が世界を見限ろうとしたあの日、駆けつけたお父さんとお母さんは、泣いていた。

あの涙は、『どうしてこんなことを』という意味ではなく、もしかしたら『無事でよかった』の意味だったのかもしれない。

そうやって、私が生きていることを喜んでくれる人がいる。

こうやって、たったひとつの問いかけに、真っ直ぐに向き合ってくれる人がいる。

『生きてほしいって、思ってるよ』

それだけで、十分意味のある世界。

「……っ……」

胸いっぱいに込み上げる感情とともに、今日何度目かわからない涙が、視界を滲ませた。

人前でこんな風に泣くなんて、かっこわるい。そう思うのに、新太の前ではその涙を隠すことなんてできない。

「っ……うわぁぁんっ……ぐすっ、うっ、うわぁぁぁーっ……」

「……よしよし」

幼い子供のように声をあげて泣く私を、新太は涙ごと包むように抱き締めた。

何時間も駆け回り乱れた髪を、優しく撫でる手。

触れる体温と、耳を当てれば聞こえる鼓動。

それらが今はただひたすらに、愛しいと思ったんだ。

その感情ひとつだけで、十分意味のある世界。

ほんの小さなあかりが、心を、照らしてくれる。

第八章　はじまり

私は七月の末、夏のある日に生まれた。

両親が海が好きだったことから、波が寄せるところを意味する『渚』。けれどひらがなのほうが柔らかさが出るから、『なぎさ』。そう名づけられた。

両親は、大学教授の父と、女医の母。

人にものを教える父と、人の命を救う母は、ふたりとも立派な人だ。だからこそ忙しいのはあたりまえで、幼い頃からほとんどふたりが家にいないのはあたりまえだった。

家族で出かけた記憶は、一度だけ。あの海の日のことだけ。それ以外は遊びに行くことはおろか、入学式や卒業式、授業参観などの学校行事にすらもまともに来てくれた記憶はない。

寂しかったけれど、働いて疲れているふたりを見るとワガママや甘えたことを言えるわけもない。毎日自分のことは自分でして、テーブルに置かれたお金で過ごした。

そのうちいつしか、家族との過ごし方とか、親への甘え方とか、そんなことは忘れたまま気づけば中学生になっていた。

その頃から、妙に男子に好かれるようになった。自分の顔を客観的に見ても、別にかわいいだとか綺麗だとか思わない。二重の目と薄い唇の、いたって平均的な顔立ちだ。

けれどそんな私のどこがいいのか、『好きです』と告白されることが数度あった。その中のほとんどは断っていた。中には付き合った人もいたけれど、好きという気持ちは湧かなくて、愛情のない付き合いはすぐに終わりを迎えた。

そんな私を見て、周りの女子は冷たい目を向けた。

『アイツ本当男好きだよね』

『少し美人だからって気取っててさぁ』

男の子のことが好きなわけじゃない、気取ってなんていないよ。本当は友達がほしい、あなたたちと仲良くなりたい。そううまく伝えることもできなくて、小さな敵が増える日々。

そんな中で、初めて声をかけてくれた子がいた。

『深津さん、ひとりでごはんなんて寂しいじゃん！　一緒に食べようよ』

『えっ、でも……』

『いいからいいから。私、幡野可奈子《はたのかなこ》。よろしくね』

ある日そう声をかけてくれたのは、クラスメイトのひとり……幡野可奈子だった。

可奈子は、小柄でかわいくて、クラスの中心にいるような人なつこい性格の子だった。まるで自分とは真逆の性格の彼女は、周囲の視線も気に留めず笑顔で接してくれて、そんな彼女と仲良くなるのに時間はかからなかった。

『帰り遊んでいこうよ』

『いいよ、どこ行く?』

『じゃあプリ撮って――』

朝は教室で話をして、授業中はこっそり手紙を書いた。お昼は一緒にごはんを食べて、掃除中にふざけていて先生に叱られたり、帰りはより道しながら帰って。

お揃いのカバン、色違いのストラップ、たくさんのプリクラ。増えていく思い出と物が、ふたりの仲をいっそう結んでくれた。

初めての親友という存在は、孤独な私の日々を大きく塗り変えてくれた。

可奈子といるうちに他に友達もできて、いつしか親が家にいなくても寂しさを感じる時間は減っていた。

毎日が楽しくて、絶えず笑っていた。

そんな日々が続き、中学三年生のとき、私と可奈子は進学先の高校も同じにした。

『ここの制服、セーラーでかわいいよね。高校、ここにする?』

『志望動機は?』

『制服がかわいいから、……ダメかな』

『……ダメでしょ』

そんな風にふざけながら、不純な動機で決めた高校は無事合格。入学式のあとは桜の木の下で、念願のセーラー服でふたり写真を撮った。

これから三年間、また同じような日々が続くと思っていた。

思って、いたんだ。

『あーもう、吉田《よしだ》くん本当かっこいい！　本当好き！』

『可奈子、吉田くんのこと本当好きだねー』

それは高校二年の、四月の初め。可奈子には、入学当初から片想いをしていた男の子がいた。

好きだけど告白はできない。けど、彼を見て頬を染める可奈子はかわいくて、うまくいけばいいなって、心から思ってた。けど、予想外の出来事によって私たちの間にはヒビが入った。

『俺、深津さんのことが好きなんだ』

『……え……？』

始業式のあと、ふたりきりの教室で彼は私を好きだと言った。

もちろん私は頷くことはなく、断った。けれど可奈子はその一部始終を見ていた。

そこからだった。すべてが壊れていったのは。

『なんで……？』

『え？　可奈子……？』

『なんでなぎさなの!?　なんでっ……』

いつもの笑顔は、とまどい、悲しみ、徐々に怒りにゆがんで私を睨んだ。

『……本当、ムカつく。友達もいないかわいそうな子だから一緒にいてあげたのに！　なんで私じゃなくてなぎさなの!?』

『……え……？』

『もういい！　あんたなんていらないっ……友達じゃない！』

ショック、だった。

ずっと親友だと思っていたのは私だけで、向こうは『かわいそうだから』『一緒にいてあげていた』、そんな気持ちでいたんだ。

ひと晩中泣き腫らし、だけど明日には『ごめんね』って笑えるかもしれない、なんて淡い期待を込めて登校した次の日。学校へ行けばすでにクラス中その話で持ちきりで、つい昨日まで一緒に笑っていた友達は皆冷たい目で私を見た。

『なぎさが可奈子の好きな人とったらしいよ』

『うわ……サイテー。前からなんかあやしいと思ってたんだよね』

誰ひとりとして私の話など聞いてくれなかった。手のひらを返したような態度で、可奈子を守るように囲み、いっせいに私と距離を置く。

その日から、〝友達〟はいなくなった。

話しかければ無視され、なにかを言えばクスクスと笑われる。少し目を離せば物は捨てられ、トイレへ入れば出してもらえず、上から水をかけられた。

『いい気味』

『男に助けてもらえよ、バーカ』

心ない行動に、浴びせられる暴言。日に日にすり減る心。

けどそれでも、誰にも言うことはできなくて。

『お母さん、あのさ……』

『なに？　お母さん疲れてるの。急ぎの話じゃないなら後にして』

『……ごめん、なさい』

勇気を出して話そうとしたこともある。けれど、家でも私の話に耳を傾けてくれる人はいなかった。

それに、もし言えば心配をかけてしまうかもしれない。ただでさえ毎日疲れているふたりを、余計に疲れさせてしまうかもしれない。

自分のことくらい、自分でどうにかしなきゃ。知られないように、バレないように。

『バーカ』

泣くな。

『うざいんだよ』

泣くな。

『……消えればいいのに』

泣いちゃ、ダメだ。なにかを言って反応をすれば、楽しませるだけ。

大丈夫、平気。私は、平気。

何度も何度も言い聞かせても、不安は込み上げる。

いつまで続くんだろう。いつかは終わるのかな。

私がいる限り、終わらないかもしれない。

いなくなった方が、ラクになるかな。

そんな絶望が積もっていく中、決定的な出来事は一学期の終わりに起きた。

『ほら、可奈子に謝んなよクズ。土下座しろ』

『……ごめ……なさ、……』

『えー？　聞こえなーい、もっと腹から声出せー』

暑い夏の日の、午後。

いつものように教室のベランダの一番端、死角になった位置でくり返されるのは、暴行と罵倒《ばとう》。女子数名に囲まれた私は、顔を上げることはできずにただうつむいていた。この日も、肌が痛いほど日差しの強い日だったことを、今でも覚えている。

『あーぁ。殴るのとか飽きたし、そろそろもっと楽しいことしよーよー』

『あ、じゃああれにする？』

『うん、芳樹《よしき》たち呼んできて』

『あれ』の意味すら問いかけることは許されず、私が引きずられるように連れて行かれたのはひと気のない体育倉庫。薄暗いその場に押し込まれ、ホコリっぽい中で目を開ければ、続いて知らない男子たち数名が入ってきた。

『お、深津さんじゃん。可奈子、マジで好きにしていいわけ？』

『全然いいよー。あ、でも写真撮るのだけは忘れないでね』

『はいはい。じゃ、早速』

ニヤ、とその場の全員が見せたいやな笑顔に、これからここでなにが起こるのか、想像がついた。

『やっ……』

声をあげようとした口もとは押さえられ、そのまま固い床に押し倒された。

制服はめくられ、スカートはたくし上げられ、露出した肌に笑い声は大きくなる。もがくように腕や足をバタバタと動かすけれど、いともたやすく押さえつけられ、抵抗するほど痛みが伝った。

いやだ、いやだ、いや、だ。

そう、心の中で叫んだ瞬間——。

『お前ら！　なにしてる！』

それは偶然通りがかったらしい先生で、その声に全員が怯んだ隙に私は力を振り絞り、逃げるように倉庫を飛び出した。

怖い。

この世界はすべて敵。皆が私を笑う、皆が私を嫌う。

どうして、なんでこうなるの？　どうしてこんな思いをするの？

どうして、どうしてっ……。

どうして私は生きているんだろう。

ひたすら走って、走って、息苦しさに朦朧《もうろう》としだした視界に足を止めた。

乱れた髪と噴き出す汗。乱れたままの制服。右足は靴が脱げ、紺色の靴下は汚れてしまっている。途中何度も転びすりむいた膝は、血まみれになっていた。

そんな格好で顔を上げれば、目の前には踏切の向こうに真っ赤な夕日が広がっていた。

『……もう、疲れた』

生きる意味もわからない。そんな今の私に、生きていく勇気はない。気力も、ない。

ちょうどカンカンカン……と鳴りだす警告音に引き寄せられるように、一歩一歩、踏切へ近づいた。

死のう。ラクになろう。

痛いかな、つらいかな。だけどもう、生きる方が苦しい。

遮断機をくぐると、ガタンゴトン……と近づく電車が視界の端に見えた。

迫る音に、止まる足。

あと一歩進めば、体は確実に電車に当たる。三歩進めばど真ん中だろう。

息を止め、踏み出すそのときを待つ。

……なのに。

『死にたい』、そう強く思っていたはずなのに、そこから足が一ミリも動かなかった。

なんで動かないの、なんで踏み出せないの。あと一歩、あと少しなのに。混乱したように自分の足を殴る。けれど、動かないまま電車は近づき、なにもできないままますぐ目の前を電車が走り抜けた。

鼻の先ぎりぎりのところを、ものすごいスピードで通り過ぎる。激しい風圧に肌がビリビリと痺れるのを感じた。

『君！　なにをしてるんだ！』

偶然通りがかった人に連れられ、なんとか踏切の外に出た。そのとき、触れられた肩の感触に、自分がまだ生きていることを実感した。

生きて、いるんだ。

その瞬間、ほっとした自分が憎い。

生きるほうがつらいと感じたはずなのに、死を選ぶことができずに生きている。それどころか、安堵まで感じるなんて。

自分はどこまで弱い人間なんだろうと、そのまま地面に座り込んで泣いた。その人が通報をしたのだろう、やってきた警察に保護されたあとも、ひとりずっと泣いて、まともに会話などできなかった。

連絡を受け数時間後に駆けつけてきた両親は、そんな私を見て、驚き声も出せないようだった。隠してきた学校での一連の出来事は、こうして最悪の形でふたりに知られてしまったのだった。

家までの帰り道、車に乗った三人の間に会話はなかった。ただ、運転席のお父さんと助手席のお母さん、ふたりの頬に涙が伝っていることだけは微かに見えた。

声を押し殺し、肩を震わせ泣くふたりに、『こんな娘で、ごめんなさい』と、私は心の中でつぶやいた。

情けないよね、恥ずかしいよね。まさか、自分の娘がいじめを受けていたなんて思いもしなかったよね。

どうして、死ねなかったんだろう。ここにいても、ふたりにとってただの負担になることしかできないのに。

　ごめんなさい、ごめんなさい。

　ここに私がいて、ごめんなさい。

　胸の中でその言葉を繰り返すと、この頬にもそっと涙が伝った。それでもやっぱり、私たちの間に交わす言葉はなかった。


　その日から私は、心を塞いだ。

　家から出ず、誰との会話も拒み、両親とすらも極力顔を合わせることもせずに。

　そんな風に夏休みを過ごし、それは二学期になっても変わらず、学校へ行くことはなかった。

　いや、正確には〝行けなかった〟。教室へ行く、可奈子たちと顔を合わせる、それを想像しただけで吐き気がした。

　自分以外誰もいない家は相変わらず静かで、心を塞ぐにはちょうどよかった。

　朝焼けの空を見ては、のどかな昼間の住宅街を見ては、夕暮れの踏切の音を聞いては、夜空に広がる星を見ては……毎日毎日、生と死のことを考えた。存在意義を考えた。

　どうして、どうして、どうして。

生きているんだろう、死ねないんだろう、心が悲しいんだろう。

この胸を覆う闇は、これから先もずっと続く。終わることなくずっと私にまとわりついて、いつか今度こそ私は自ら、自分の人生を終わらせるだろう。

そう、思っていた。

けど、飛び出してきた先のこの場所で、新太は短い時間の中、たくさんの気持ちを与えてくれた。

誰かと食べるごはんがこんなにもおいしいこと、笑ってくれるとうれしいこと、触れた肌のぬくもり。『寂しい』と、言ってもらえる喜び。

こんな私のことを思ってくれている誰かがいる。視野を広げれば、小さな希望はいくつもある。

そんなことに今さら気づいた自分が少し悔しい。だけどその感情があるだけで、心が軽くなったんだ。

私、変われるかな。

時間は少しかかってしまうかもしれないけど、まだ世界は怖いものであふれているけれど。

それだけじゃないって、信じられる日が来るかな。

……来る、よね。

だからまずは一歩、ここから始めよう。

生きていく理由と、やっと出会えたから。


「ん……」

そっと目をひらくと、そこはあたたかな日差しが照らす明るい居間。

……朝……？

張り詰めた冷たい空気から、早朝なのだろうことを察し、少し重い瞼をゆっくり上げると、目の前には右腕を私の枕にして、左腕で抱き締めるような形で私を包む新太がいた。

ふたりの体には毛布がかけられ、足もとではトラが寝ているのだろう、ふわふわとした感触が足に当たる。

「すー……」

小さな寝息をたてる新太の綺麗な寝顔を見つめて、なんで新太とここに……そう考え、昨夜、泣きじゃくった私は帰宅してほどなくして泣き疲れ眠ってしまったのだろうと気づいた。

ひと晩中そばにいて、包んでくれていたんだ。

そんな彼の体温があたたかくて、愛おしくて、涙があふれる。心が、満ちていく。

ありがとう、新太。

ありがとう、ありがとう。

何度心の中で繰り返しても、伝えきれないほどの気持ち。それを伝えるように、新太の胸に顔をうずめた。

今日も、私は生きている。

新太と、トラと、ここにいる。

第九章　朝日の下で

あたたかなぬくもりに甘えるように、再び眠りに落ちていった。それから何時間経ったのだろうか、そっと目を覚ますと、先ほどよりも高い太陽が室内を照らしていた。

もうちょっと、寝ていたいかも……。

居間でむかえた、五日目の朝。二度寝をした体はなかなかすんなりとは起きられず、まどろみの中、私はそっと顔を上げる。するとそこには、いまだ私を抱き締めたまま眠る新太の姿がある。

その長い腕に包まれ安心感を覚えると同時に、ふと気づく。

……この体勢って、どうなの。

年頃の男女が、ひと晩中抱き締め眠る。そのことに特にやましさはなくとも、冷静に考えればすごいことだと今さらになって恥ずかしくなってしまう。

頬が熱い、なのに目は離せなくて、彼の寝顔をじっと見つめた。

伏せられた長いまつ毛と、光に照らされた白い肌。それらが新太をいっそう綺麗に見せて、胸がドキ、と音をたてた。

……口、開いてる。

かすかに開いたその口が、ちょっとかわいくて笑ってしまう。そのときだった。

「ニャー！」

その鳴き声とともに突然飛んできたトラが、新太のお腹に飛び乗った。無防備な状

お手数ですが
切手をおはり
ください。

郵便はがき

104-0031

東京都中央区京橋1-3-1
八重洲口大栄ビル7階

スターツ出版(株)　書籍編集部
愛読者アンケート係

(フリガナ)
氏　名

住　所　〒

TEL　　携帯／PHS

E-Mailアドレス

年齢　　性別

職業
1. 学生(小・中・高・大学(院)・専門学校)　2. 会社員・公務員
3. 会社・団体役員　4.パート・アルバイト　5. 自営業
6. 自由業 (　　　) 7. 主婦　8. 無職
9. その他 (　　　)

今後、小社から新刊等の各種ご案内やアンケートのお願いをお送りしてもよろしいですか？
1. はい　2. いいえ　3. すでに届いている

※お手数ですが裏面もご記入ください。

お客様の情報を統計調査データとして使用するために利用させていただきます。
また頂いた個人情報に弊社からのお知らせをお送りさせて頂く場合があります。
個人情報保護管理責任者：スターツ出版株式会社 販売部 部長
連絡先：TEL 03-6202-0311

愛読者カード

お買い上げいただき、ありがとうございました！
今後の編集の参考にさせていただきますので、
下記の設問にお答えいただければ幸いです。よろしくお願いいたします。

本書のタイトル（　　　　　　　　　　　　　　　　　　　　　　　　）

ご購入の理由は？　1. 内容に興味がある　2. タイトルにひかれた　3. カバー(装丁)が好き　4. 帯(表紙に巻いてある言葉)にひかれた　5. 本の巻末広告を見て　6. 小説サイト「野いちご」「Berry's Cafe」を見て　7. 知人からの口コミ　8. 雑誌・紹介記事をみて　9. 本でしか読めない番外編や追加エピソードがある　10. 著者のファンだから　11. あらすじを見て　12. その他

本書を読んだ感想は？　1. とても満足　2. 満足　3. ふつう　4. 不満

本書の作品を小説サイト「野いちご」「Berry's Cafe」で読んだことがありますか？
1.「野いちご」で読んだ　2.「Berry's Cafe」で読んだ　3. 読んだことがない　4.「野いちご」「Berry's Cafe」を知らない

上の質問で、1または2と答えた人に質問です。「野いちご」「Berry's Cafe」で読んだことのある作品を、本でもご購入された理由は？　1. また読み返したいから　2.いつでも読めるように手元においておきたいから　3. カバー(装丁)が良かったから　4. 著者のファンだから　5. その他（　　　　　　　　　　　　　　　　）

1カ月に何冊くらい小説を本で買いますか？　1. 1～2冊買う　2. 3冊以上買う　3. 不定期で時々買う　4. 昔はよく買っていたが今はめったに買わない　5. 今回はじめて買った

本を選ぶときに参考にするものは？　1. 友達からの口コミ　2. 書店で見て　3. ホームページ　4. 雑誌　5. テレビ　6. その他（　　　　　　　　　　　　）

スマホ、ケータイは持ってますか？
1. スマホを持っている　2. ガラケーを持っている　3. 持っていない

ご意見・ご感想をお聞かせください。

文庫化希望の作品があったら教えて下さい。

生活の中で、興味関心のあること、悩みごとなどあれば、教えてください。

いただいたご意見を本の帯または新聞・雑誌・インターネット等の広告に使用させていただいてもよろしいですか？　1. よい　2. 匿名ならOK　3. 不可

ご協力、ありがとうございました！

態で腹部に力をかけられ、寝ていた新太からは「ぐぇっ！」と苦しそうな声が出た。

「な、なに……何事……」

さすがにいっきに目が覚めたらしい新太は、痛そうにお腹を抱えながら、腕の中の私の存在に気づく。

「って、わっ！　なんでなぎさがここに⁉」

「なんでって……自分が抱き締めてたんじゃん」

「え！　あー……そっか、そういえば昨日帰ってきて、気づいたらなぎさが寝てて、『かわいいなー』って思いながら見てるうちに俺も寝ちゃったんだっけ」

『かわいい』、そんな恥ずかしくなるようなひと言を平然と口にする新太に、「かっ⁉」ととまどう声が出た。

またこの男は……！

どうせ言い慣れたお世辞だろう。そうはわかっていても恥ずかしくて、顔を背ける。

「……キモい。チャラ男」

「え⁉　なんで⁉」

照れを隠すようにまたかわいげない言い方をした。すると、そんな私のお腹からはぐう、と空腹を知らせる音が鳴る。

「……そういえば、昨日全然ごはん食べてなかったかも」

「だよね。俺もお腹空いたし……朝ごはんにしよっか」

新太がそう言って体を起こすと、同じくお腹が空いていたのだろうトラも「ニャァ」とうれしそうに声をあげた。

「今支度するから、ちょっと待ってて。あ、窓開けて空気の入れ替えしてくれる？」

「ごはんあったっけ」と言いながら台所へ向かう新太に、私も体を起こすと、言われたとおり空気を入れ替えるべく窓を開ける。

カラ、と窓を開ければ、庭には今日も眩しい太陽が降り注ぐ。

初めてこの家で迎えた朝と、変わらない景色。だけど、それを見つめる私の心は、これまでで一番軽い。

肌に触れる冬の冷たさが、体を芯から冷やしていく。けれど、日差しのぬくもりがあたためてくれる。気持ちのいい、朝だ。

「……あ……」

ふと目を向けると。庭の端には苗が植えられた植木鉢が三つほど並ぶ。私が知らないうちに、新太がすべて植えてくれたのだろう。

冬の寒さにも負けずしゃんと立つその花に、私の足は自然と動いていて、サンダルを履いて庭へ出ると近くにあったじょうろを手に取った。

そしてそこへ水を注ぎ、土の上からそっとかけると、土に水がしみ渡っていく。

「お、早速世話してくれてるんだ？　ありがとね」

その声にしゃがんだまま振り向くと、新太が笑って縁側からこちらを見ていた。

「今ごはん早炊きしてるから。もうちょっと待っててね」

新太はうれしそうに目を細めた。

「綺麗に咲くといいね」

「そもそも咲くかもわかんないけど。もしかしたらすぐ枯れちゃうかもしれないし」

「大丈夫。花だって強いんだから。ちょっとしおれかけてもちゃんと咲くよ」

しおれかけても、ちゃんと咲く。それは、立ち止まってもまた歩きだせる、私たち人間と同じようだと思った。

大丈夫。注がれた水と太陽の光を受け、花が大きく咲くように、私たちも、きっと。

そう思うと心にまた、小さな光が灯る。

私は顔の向きを戻し、新太に背中を向け口をひらいた。

「……ねぇ、新太。私の話、してもいい？」

「え？」

「自分の口から、ちゃんと話せてなかったから」

ぽそ、と切りだしたのは、まだ自分から新太にきちんと話せていなかったこれまでのこと。

思い出すことすらもいやな過去を、話すのは、怖い。うまく話せるかもわからない、けれど。

「……うん。聞かせて、なぎさのこと。少しずつ、ゆっくりでいいから」

新太はそうやって優しく頷いてくれるから。息をひとつ吸って、声を発した。

「私、子供の頃からいつもひとりでいたんだ。両親はいつも仕事ばかりで忙しくて……けど、誰かのために働くふたりを尊敬もしてた。だから、ワガママだけは言わなかった」

それから新太に話したのは、家族で海に行った日のことを私も覚えていること。思い出すと余計に寂しくなるから、次第に忘れたフリをするようになったこと。

中学生になってから、周りとうまくいかなかったこと。そんな中で親友と呼べる存在ができて、毎日が楽しかったこと。

恋愛がきっかけで、その仲が壊れたこと。……ううん、そもそも、相手にとって私は最初から親友なんかじゃなかったのかもしれない。

「なにかを言えば無視されて、笑われて、物も壊されて、叩かれ蹴られた。毎日がつらくて、怖くて、だけどそれでも学校に行くしか道はなかった。他の道は見えなかったし、逃げてもいいなんて教えてくれる人もいなかったから」

学生である私たちは毎日学校に行くのがあたりまえで、その普通から逃げ出すことはできなかった。ただ耐えることしかできなかったんだ。

　すると、いつの間にか庭に下りてきていた新太は、私の隣にしゃがみ込む。いつものように顔を覗き込んだりはせずに、ただ隣に寄り添うように。

「……それでも、親には頼れなかったんだね」

「うん。忙しいふたりを困らせたくなかったし……それに、自分の子供がいじめられてるなんて知ったら、きっと情けないとか恥ずかしいとか思われる。そう思ったら、言えなかった」

　お父さんとお母さんに、頼ってすがって、困らせたり悲しませたくない。もしも話したところで何も変わらなかったら……突き放されていっそう孤独を味わうだけだったら……この心は余計つらくなるだけだ。

　今思えば、そうやって自分の思い込みで自分を孤独に追いやっていただけかもしれない。

「だけど一学期の終わりに、体育倉庫で男子たちに襲われかけて……」

　あの日のことは、今も思い出しただけで声が震える。

　怖くて、苦しくて、泣きたくなる。また、逃げ出してしまいたくなる。

　けれど、そんな私に新太は伸ばした腕でそっと頭を抱き寄せた。

「……いやだったら、やめていいんだよ」

優しい、新太の声とあたたかな体温。

けど、伝えて向き合うって、決めたから。

「……ううん、話したい」

顔を上げて、近い距離にある新太の顔を見つめた。しっかりと合った目と目に、新太は少し不安そうに、けれど委ねるように、小さく頷いてみせた。

「あの瞬間、世界には敵しかいないんだって思った。味方なんていなくて、つらいことしかなくて、そこまで追い込まれて初めて〝逃げる〟って選択肢が自分の中で生まれた」

思い出すのは、道を駆け抜ける間の一瞬一瞬のこと。これまでの人生、これからの人生、いろんなことを考えて天秤にかけたけれど、今その瞬間の苦しさには勝てなかった。

その果てにあったものが、鳴り響く踏切で、ここでなら一瞬でラクになれると気づいた。

「消えたかった。ラクになりたかった。だから踏切に飛び込もうとしたのに、できなかった」

「……それは、どうして？」

「……死ぬことも、怖かったから。生きてるほうがつらくて死を選ぼうとしたはずなのに、死ぬことも怖かった。臆病で、そんな勇気なかったから」

死ぬ勇気もない。けれど、生きていく理由も見つけられない。

「誰も信じることなんてできない、味方なんていない。そんな世界は怖くて、ひとり閉じこもれば傷つかないから、私は学校に行くことも親と接することもやめた」

このまま塞ぎ込んでいても、進めないことはわかっていた。けれど、再び傷つくよりよっぽどいい。

またつらい思いをするなら、孤独を感じるくらいなら、ひとり暗い部屋に閉じこもっていたい。

そう、心に繰り返して。

「……けど、新太が教えてくれた。世界は怖いことばかりじゃないって」

「俺……？」

つぶやいた私に、新太は少し驚いた顔でこちらを見る。そんな新太に、今度は私が頷いた。

「新太が私に、生きる意味を教えてくれた。向き合う勇気をくれた」

進む勇気も、逃げる勇気もなかった私に、新太がくれたのは今の自分と向き合う勇気だった。

だから、新太に話したいと思ったんだ。過去の傷も悲しみも、今の自分の本当の気持ちも。

「だから、ありがとう」

自然とこぼれた笑みとともに伝えた気持ち。そのひと言に、新太は私の頭をそっと撫でる。

「ありがとうはこっちのセリフだよ」

「え？」

「つらいこと、言いたくないこと、正直に話してくれてありがとう」

そう言って新太が見せる微笑みは、柔らかく優しい。

「俺が思うに、なぎさはさ、大きな海で一回溺れちゃったんだよ」

「海？」

「そう。一回溺れると水に顔つけるのも怖くなっちゃうじゃない？　けどさ、少しずつゆっくり顔つけて、もぐって、ひとつひとつをこなしていくうちにまた泳ぎだせるんだよ」

大きな海は、長い人生。泳いだ距離は、過ごしていく日々。

そんな中で、私は一度溺れてしまって、再び泳ぎだすことを恐れてしまった。

「皆が皆、同じじゃない。波に呑まれてもすいすい泳げる人もいれば、もちろん溺れてしまう人もいる。溺れながらもがいてる、そんな人を笑ったり、急かしたりするより、息継ぎひとつを喜べる人間でいたい」

それは、強さは皆同じじゃないということを教えてくれているのだろう。

それぞれに、いろんな形で前に進む。中には私のように、進むことをあきらめかける人間もいる。けどそんな私を、新太は笑ったり見捨てたりしない。

「距離は短くたっていい。足を止めてしまってもいい。だから苦しくてどうにもならないときは、一回水面に浮いて、泳ぐことを休むんだよ」

休んでも、私がまた泳ぎだせると、信じてくれている。息継ぎひとつでも、短い距離でも、些細なことをともに喜んでくれる。

そんな新太の思いがうれしい。そう思うと同時に、胸に愛しさが込み上げる。

「……私、ちゃんとまた泳ぎ出せるかな」

「うん。なぎさなら、大丈夫」

新太の言う『大丈夫』のひと言は、こんなにも心強い。ふたり笑って頷くと、台所のほうからは、ピーとごはんの炊ける音がした。

「おっ、炊けた。なぎさ、ごはんにしよう」

そう言って立ち上がる新太に、私も「うん」と後に続く。

出会ってからの、決して長くはない時間。その時間の中で新太は私にたくさんの言葉や思いを与えてくれた。

こんなにも与えてくれる新太のために、こんな自分にもできることをしたいって思った。

なにができるかなんてわからない。けれど、小さなことひとつでもできることを見つけよう。迷惑かも、なんて勝手に線引きをしないで、やってみよう。

またいつか、広い大きな海で泳ぐことを夢見て、少しずつでも進みだす。

今日の日のことを、胸に抱いて。

第十章　ありふれた幸せを

夢の中、ずっと鳴り続けていた踏切の音が、徐々に遠ざかっていく。

世界を遮るように下りたままだった遮断機はそっと上がって、私の目の前の道を切りひらいた。

あふれる涙を拭って顔を上げれば、そこには色鮮やかな世界が広がっていた。

夢の中でさえも、一歩を踏み出すことは怖い。ためらうつま先は、小さく震えてしまう。

……だけど。

『なぎさなら、大丈夫』

心の中で彼の言葉を繰り返せば、それだけで強くなれる気がした。

一歩を踏み出した瞬間、悲しい夢は終わりを迎えたんだ。

＊＊＊

そんな夢を見て、久しぶりにすっきりと目を覚ました六日目の早朝。

早坂家の台所には、真剣な顔つきで手を震わせながら大根を切る私と、トラを抱えハラハラとした様子でその光景を見守る新太の姿があった。

「なぎさ……大丈夫？　代わろうか？」

「い、いい！　私がやるの！」

いつもならこの時間は、ラジオ体操を始める前に新太がひとり朝食づくりをしている時間。

けれど今日は私がめずらしく早起きをしたうえに『作りたい』と申し出たことにより、ラジオ体操そっちのけで朝食づくりをしている真っ最中だった。

「手切らないでよー？　指入りみそ汁なんてやだよ」

「わ、わかってる……」

私だってそんなのいやだ。切らないように、気をつけて……肝に銘じながら、固い大根を包丁でダンッと勢いよく切る。

その衝撃で手もとを離れてしまった包丁はくるりと宙を舞い、新太の足もとの床へと刺さった。

「……うわぁ……」

新太の絶句する声が漏れ、まさしく危機一髪、といった状況に、お互いサーッと血の気が引く音が聞こえた。

「……な、なぎさ。切るのは俺がやるからさ、鍋とみその用意してくれる？」

「……はーい」

うぅ、一応女子であるにもかかわらず、こんなにも料理ができないなんて……！

今まで自分ひとりだけのごはんだからと、買ってくるだけで、まともに料理もせずに暮らしてきた自分が憎い。

そうこれまでの自分を恨めしく思いながら、私は片手鍋をひとつ取り出し水を入れた。隣では新太がトントンと綺麗に大根を切っていく。

「でもいきなりどうしたの？　なぎさが料理するって言いだすなんて」

「……たまには、したことないこともしてみようかと思って」

それは、自分の中の小さな変化。

ここにいたいから手伝う、とかそういうのじゃなくて、ほんの少し、些細なことでも変わっていきたい。そんな気持ちからの行動だ。

短いひと言から私の気持ちを察するかのように、新太は「そっか」と笑った。

「あ、そうだ。朝ごはん食べたら出かけようと思うんだけど……なぎさも一緒にどう？」

「え？」

出かける……って、どこに？

首をかしげた私に、新太はあっという間に切り終えた大根をボウルに入れて言った。

「なぎさに、会わせたい人がいるんだ」

朝食後、いつものようにパーカーにデニムを着た私は、新太のバイクの後ろに乗せられ、連れられるがまま家を出た。

向かい風に耐えるように、バイクの後ろで新太にぎゅっと抱きつくと、あの家の洗剤の香りとかすかに新太の香りがする。

そんなささやかな香りひとつを感じられるほど、最初の恐怖感はなくなっていた。

……新太の、匂い。いい匂い。

安心感に甘えるように、抱きつく手に力を込めた。

そのうちにだんだんとあたりにはビルが増えていき、景色は見慣れたものになっていく。

あれ、ここ……。

通り過ぎていく家やマンション、ビル、公園……それらから、ここが私の自宅からそう遠くない場所であることに気づいた。

けど、私の家の近所になんの用が……？

「はい、到着」

新太のその声を合図にするように停められたバイクから降りると、そこはこのあたりでは名の知れた大きな霊園前の駐車場だった。

「霊園……って、ことは」

「うん。お墓参り」

そう言ってヘルメットを外すと、新太は霊園前の小さなお店で小さな花束をひとつ買い、それを私に持たせた。

そして自分は手桶《ておけ》と柄杓《ひしゃく》を持つと、たくさんのお墓がならぶ敷地の中を慣れた様子で歩いていく。

「……と、ここだ」

少し歩いてきた先で足を止める新太の前には、少し古いお墓がある。

墓石には『早坂家之墓』と書かれており、ここに新太のおじいちゃんが眠っているのだと気づいた。

もしかして、会わせたい人って……このこと？

「おじいちゃんのお墓、ここの霊園にあったんだ」

「うん。じいちゃんの実家はこっちのほうでさ、なぎさと出会ったあの日も、実はお墓参りの帰りだったんだ。めずらしくトラの顔も見せてあげたくて連れてきたはいいけど、あいつそのときも逃げ出しちゃって」

「あ……だからあのとき、うちの近くに？」

あの日――新太と出会った日のことを思い出しながら聞くと、新太は小さく頷く。

「そ。今思えば、トラが逃げ出さなかったらなぎさに会えなかったんだから、不思議なものだよねぇ」

へへ、と笑いながら、新太はお墓の前に腰を下ろす。

そう、だ。普段は違う街にいる新太と、あの家の中にいる私。そんなふたりが出会えたことは、いくつもの偶然が重なったから。

そう思うと、偶然ではなく、奇跡に近いのかもしれない。……なんて都合のいい呼び名をした私を笑うように、穏やかな風が髪を揺らした。

「なぎさ、ここに花お供《そな》えしてくれる？」

「うん」

新太に言われ、私は手にしていたお花を墓石の前にそっと供えた。

「新太は、おじいちゃんとはいつから一緒に暮らしてるの？」

「中三のときかな。でももともと子供の頃から、毎日のようにじいちゃんの家には行ってたし、よく泊まったりもしてたから」

「へぇ、おじいちゃんっ子なんだ」

思えば、自ら質問をして新太について知ろうとしたことがあまりなかった。本来ならもっと先に聞いておくべきだったようなことを、ひとつひとつ問いかける。

「うちも両親共働きでさ。学校帰りとか土日とか、よくじいちゃんのところに預《あず》けられてたんだよね」

「そうだったんだ……」

「ちなみにいつもなぎさが座ってる席はじいちゃんが座ってたところ。だからそこに人がいると、安心するんだ」

言いながらこぼす笑顔はその日々を思い出しているのか、うれしそうで優しい。その笑顔に、胸は小さく音をたて、つい私もつられて笑った。

「なに？　どうかした？」

「ううん。新太、本当におじいちゃんのことが好きなんだと思って」

くす、と笑って言った私に、新太はちょっと照れたように笑みを見せる。けれど、その表情は一瞬、悲しげに影を落とした。

「じいちゃんは俺にとって、たったひとりの家族だから」

「え……？」

たったひとりの、家族……。それって、どういう意味？

そう問いかけるように聞き返すと、新太は手桶の中の水を柄杓でそっと墓石にかけた。

「俺、家族から絶縁されてるんだよね」

「絶縁……？」

「俺さ、中学の頃荒れてたんだ。なにもかもどうでもよくなっちゃって、喧嘩ばっかりしてて、頭も金髪で、いきがって煙草吸ったりして」

その口から話されたのは、予想もしなかった彼の過去。

あ、荒れてた？

喧嘩、金髪、煙草……どれも今の新太からは微塵《みじん》も想像できないような言葉に、耳を疑う。

「親とも、もともと仲良くはなかったんだけど、そのうちついに『お前みたいな恥さらしはもう息子じゃない』って家追い出されてさ」

「親、に……」

「散々放置してたくせに都合のいいときだけ親っぽいこと言いやがって、って悔しさもあったけど、こんな俺なら当然か、って気持ちもあった。けどじいちゃんだけは、そんな俺を見捨てたりしなくて。『どうせ行くとこないならうちに住め』って」

見放した親と、それを仕方ないと受け入れた新太。

あきらめたような言い方で、でもその胸が傷ついていたのだろうことは、今彼が見せる悲しげな目を見るだけで感じられる。

だからこそ、おじいちゃんにそう言ってもらえたことが、新太にとってとてつもなく大きいことだったのかもしれない。

……私、新太のことをまったく違うイメージで見ていた。

悩みなんてなさそう、とか、いつも楽しそう、とか。けれど実際はそうじゃなくて、今こんなにもしっかりとした彼にも、不安定な時代があったことを知り、また新たな一面に触れた気がした。

「じいちゃんが言ってくれた『いつだってじいちゃんは新太の味方だ』って言葉に、俺は救われたんだ」

そのときのことを思い出しているのだろう、懐かしむように目を細め笑う。

いつだって味方だ、そう堂々と言いきってくれるところは、なんだかとても新太のおじいちゃんらしい。

「それからはもう、毎日大騒ぎ。喧嘩して帰れば叱られて、高校も行っておけって勉強させられて、ついでに料理も教え込まれて。次第に、勉強が楽しいとか料理を食べてもらえるとうれしいとか、知らなかった気持ちが増えていった」

空を見上げる新太につられて顔を上げると、綺麗な青空が広がっていた。

「いつしか、誰かの役に立ちたいって気持ちが芽生えて、夢も希望もなかった未来に、なりたいと思えるものができた」

「それが、スポーツトレーナー？」

空から私へ視線を移し、新太は「そう」と頷く。

そっか。今の新太を作ってくれている、生活や夢、目標……それらはおじいちゃんがいたからこそでき上がったものなんだ。

「じいちゃんからもらった数えきれないほどのものを、ここで終わらせたくないって思った。こんな自分でも誰かのためになりたいって思って……だから、奨学金制度使って大学入って、勉強して、バイトもしてさ」

もらった気持ちを、それだけで終わらせないように。

いつか、誰かのために。そうつないでいくことで、未来はもっと大きな希望になる。

「じいちゃんにもこれから返していきたいって思ってた。……なのに、半年前に倒れて入院して、たった三ヶ月で死んじゃうなんて。あんまりだよね」

『死』、という言葉を口にする新太は笑顔のまま。

それなのに、そのたったひと言がこの胸に鉛のようにずしりと重く沈む。

「人ってさ、どんなに元気でもいつか死んじゃうんだよ。望んでも願っても、永遠には生きられない」

私が一度捨てようとした命。それは、本人や周りが、望んでも願ってもいつか必ず失うもの。

〝そのとき〟はいつか必ず、皆に平等にやってくる。

「その人に生きてほしいと願っても、周りができることなんて限られていて……じいちゃんの余命が長くないって聞いたとき、俺はなにもできない自分に、絶望した」

「新太……」

だから新太は、この前私に怒ったんだ。

『死ぬってことが、どんなことかわかってる？』

失った側だからこそ感じる思いを、新太自身も知っているから。

彼の胸の痛みを想像して、自分の幼い発言を悔やむように拳をぎゅっと握った。そんな私に、新太はぽんぽんと頭を優しく撫でてくれる。

「俺がこの前なぎさに言った『ある人からの受け売り』って言葉あったでしょ？」

「『生きる理由なんてこれから見つけていけばいい』だよね？」

「あれさ、深津先生が言ってくれた言葉なんだよね」

「え……？」

深津先生、って……お父さん、が？

予想もしなかった突然の発言に、目を丸くして驚きを見せる私に、新太は小さく頷く。

「じいちゃんが亡くなってから、ずっと呆然とするしかできなくて……やっと学校通えるようになった頃、深津先生が話聞いてくれたことがあったんだ」

「お父さん、が？」

「『なんのために生きてるんだろう』って言った俺に、深津先生が言ってくれたんだ。

『理由なんてこれから見つけていけばいい』って」

それは、先日新太が私に言ってくれた言葉。

受け売り、とは言っていたけど……それがまさか、お父さんが新太に言ったものだったなんて。

「……先生らしいこと、言えるんだ」

「あはは、先生だからねぇ」

ぽつりとつぶやいた私に、新太はおかしそうに笑って、すぐ真剣な表情に戻る。

「深津先生、言ってたよ。『つまずいても迷っても、生きてくれてさえいれば、それでいい』って……泣いてた。今思えばあれはなぎさにも宛てた言葉だったんだろうね」

それは、私にも向けられた言葉。

『生きてくれてさえいれば、それでいい』

どんな思いを込めてそのひと言を新太に伝えたのか、想像しただけで胸がぎゅっと掴まれる。

私は今まで、お父さんのことをわかっていなかったのかもしれない。家では無口で、気持ちを言葉にしてくれることもなかったし、そもそもあまり向き合う時間すらもなかったから。

本当は少し不器用なだけで、実は誰よりも私のことを思ってくれていたのかな。

それはきっと、お母さんも同じ。

ただ、言葉にしたり伝えることがお互いできていなかった。私自身も悪い方に考えてばかりいただけだった。

「なぎさが深津先生の娘だって気づいたときにさ、助けるとか支えるとか、そんな大きなことができるとは思ってなかったよ。ただ、なぎさ自身にとっても、深津先生にとっても、ほんの少しでも力になれたらって、そう思ったんだ」

もしかしたら新太は、私が抱えていた心の闇に気づいていたのかもしれない。それでいて重ねていたんだろう。光を失い、生きることに迷ってしまった自分と私を。

だからこそ、お父さんの気持ちも知ったうえで、なにも言わずに私との日々を過ごしてくれた。

「知ってほしかった。世界はまだまだ広くて、こんな俺でも夢を見つけられるくらい明るくて、つらいこと以上に幸せなことがたくさんあるんだってこと。知らずに失くしてしまうなんて、もったいない」

この先、きっと私にも、新太にも、誰にだって訪れる、幸せ。

それを知らずに投げだすなんて、もったいない。

「命はいつか終わる。なら、その日まで目いっぱいいろんなことをして、考えて泣いて笑って、そうやって生きていったほうが、きっと楽しいよ」

真っ直ぐこちらを見た彼の瞳には、泣きそうな私の顔が映り込んでいる。

新太の優しさの理由を、少し知れた気がした。

いつもさりげない優しさや言葉で私を支えてくれるのは、新太自身がこれまでおじいちゃんやお父さん、いろんな人の言葉に支えられてきたからだったんだね。

ねぇ、でもね、新太。

おじいちゃんになにもできなかった、なんて言わないで。きっと新太が知らないだけで、なにかできていたはずだよ。

私も、今からでもお父さんの思いに応えられるかな。『生きてくれてさえいれば』、その願いに寄り添って、生きていけるかな。そう思えるほど、その言葉が、優しさが、私をこの世界につなぎ止めてくれたのと、同じように。

自分が消えてからも思ってくれる人がいて、おじいちゃんは、絶対、絶対幸せだった。

「っ……」

胸に込み上げる思いを伝えたくて、新太の手をぎゅっと握る。

瞳からこぼれた大粒の涙は、視界を滲ませ頬を伝い落ちると、私の膝を濡らした。

「……なんでなぎさが泣くの」

「っ……わかんない……」

わかんない、わかんないよ。

だけど、新太の心や、おじいちゃんのこと、お父さんの思いに、涙はこらえきれない。

そんな私の涙を、新太はその長い指先でそっと拭ってくれた。

困ったように笑いながらも、ほんの少し泣きそうな、そんな彼の表情に心が愛おしさであふれる。

「手合わせたら行こうか」

「うん」

お線香に火をつけて、新太と一緒にお墓の前で手を合わせる。

目を閉じた瞬間、お墓の向こうで笑うおじいちゃんの姿が見えた気がした。

目を細めて笑うその人の表情は、新太にどこかよく似ていて、今もずっと、新太を見守っているのだろう。

新太の、おじいちゃん。聞こえますか？

勝手に家に泊まり込んでいて、ごめんなさい。

でも私は、あの家で、新太からたくさんのものをもらいました。

新太に会えて、こんなにあたたかい人もいるんだって思いました。

あなたが新太に伝えた心は、今こうして私にも伝わっています。

だから、ありがとう。

今日この日まで、生きていてよかった。そう思うと同時に、幸せも苦しみもあることの世界で、まだ、生きていたい。そう強く思います。

おじいちゃんがいたから、新太がいる。新太がいるから、私も今ここにいる。

それはなにより強い絆で、幸せな運命だと思った。


お墓参りを終え、借りた手桶などを返した私たちは、バイクに乗って新太の家に戻っていく。

無機質なビルから緑の多い自然へと変わる景色に、彼と初めて会ったあの日のことを思い出した。

まだ、丸一週間も経っていない日のこと。だけど懐かしさすら覚えてしまうのは、それほどまでに濃密な時間を新太と過ごせている証だろうか。

「……新太」

「ん？」

「話してくれて、ありがとう。新太の、こと」

立派じゃない過去のことを話すには勇気がいる。その気持ちを私も知っているからこそ、新太がどれほどの勇気がいったのかよくわかった。

だから、『ありがとう』を伝えたい。

「お礼なんてやめてよ。俺はただ、じいちゃんと深津先生の自慢をしたかっただけ」

向かい風にあおられながら、「ははっ」と笑う横顔は、本心にも照れ隠しにも感じられた。

「ついでに話しておくとね、〝一週間〟って期限を決めたのは、なぎさのことを迷惑に思ってるとか、そういうことじゃないんだ」

「え?」

「ずっと一緒にいられたら、きっと楽しいよ。なぎさとトラと一緒に、あたりまえを取り戻しながら生きていけたら、きっと」

胸を張って生きていくこと、失くした存在の穴を埋めて暮らしていくこと。それぞれに、〝あたりまえの毎日〟を取り戻す。

そんな日々を、一緒にいられたら楽しい、なんて。新太もそんなふうに思っていてくれたんだ。

うれしさを感じ、新太に掴まる手にぎゅっと力を込める。けれど、新太は「だけど」と言葉を続けた。

「なぎさはまだ戻れるから。深津先生も、なぎさのお母さんも、ふたりともなぎさの帰りを待ってる。だから一度ちゃんと帰って、向き合って話し合ってごらん」

「……戻れる、かな」

「うん、今ならまだ大丈夫。時間があくと、戻れるものも戻れなくなる。つまらない意地とか、できた溝とか、いろんなものに遮られてしまうから」

それは、『自分はもう戻れないけど』と遠回しに言っている気がした。

大切な友達と、笑えていたあの頃には、戻れない。だけど、今でも自分を思ってくれている人たちのもとで、本音を伝え合って生きていくことはできる。

まだ、戻れる場所がある。

だから新太は、『ここにいたい』と望んだ私を、頑《かたく》なに拒んだんだ。

邪魔だとか迷惑だとかじゃなくて、私のために。

「……庭に植えた花、帰るときにちゃんともらっていくから。あとでちゃんと育て方、教えて」

「うん、もちろん」

先日は『いらない』と突っぱねた花。けれど、新太との思い出とともに連れて帰ろうと思う。うまく育てられるかはわからない。だけど、やってみるんだ。

「ねぇ、新太。家に戻ってからも、たまに遊びに来てもいい？」

「……うん。いつでもおいで、待ってる」

私の問いかけに、新太は静かに頷いてくれる。

けれど微かに見えたその横顔は、いつもの笑顔とはちがってどこか悲しげで、この胸に違和感を与えた。

だけどそれでも私は、あの家で、新太とトラとともに過ごせる未来を疑うことなく信じていた。

第十一章　さよなら

『一緒に寝たい』なんて子供のようなワガママで、新太を困らせた六日目の夜。

居間に布団をふた組敷いて、足もとにトラのぬくもりを感じながら、私と新太は手をつないで眠った。

明日は、夕方になったら自宅に帰らなければならない。だからそれまでは新太と一緒に過ごしたい。

どこに行こうか、なにをしようか。そんな最後の日の過ごし方を、遅くまで語り合って。


「なぎさー、準備できたー?」

「うん、今行く」

そんな夜を越え、迎えた朝。十二月一日のあの事故の日からちょうど一週間が経った日。

今日もラジオ体操と朝食を済ませ、午前十時を過ぎた頃、私と新太はふたりで家を出た。

今日はバイクではなく歩きで、道を行くこと十五分ほど。私たちは【江ノ島《えのしま》】と書かれた駅の前で足を止めた。

「意外と近いんだね、江ノ島」

「うん。歩くと散歩にちょうどいい距離でしょ」

電車で来ればひと駅ほどの距離だから、もっとすぐだったかもしれない。けれど、時間をかけてゆっくりとこの町の空気を吸っておきたかった。

そんな私たちを見守るように、今日は冬にしてはあたたかな晴れだ。

七日目の最終日、私と新太がやってきたのは、新太の家からほど近い場所にある観光地・江の島。

『最終日だし遊びに行こう』と言う新太の提案で、江ノ島駅から徒歩十分ほどの距離にある水族館へ向かうべくやってきたのだ。

水族館の建物まで続く道のりを迷いなく歩いていく新太に、ついていく。

「水族館久しぶりだなー。近いけど意外と来ないんだよね。なぎさは来たことある？」

「江ノ島は初めて。小学校の遠足で、鴨川《かもがわ》の水族館には一回だけ行った」

「あー、遠足といえばあそこだよねぇ」

話しながら着いた『江ノ島マリンパーク』と書かれた大きな門をくぐり、新太は至って自然にチケットを買う。

あ……そういえば、お金。

チケット代くらいなら持ってる、と自分の財布の中身を思い出し、その袖を小さく引っ張る。

のか。

けれど新太は聞こえていないのか、聞こえているけれど聞こえないフリをしている

「新太、お金……」

気に留めることなくチケットを二枚受け取り、一枚を私に差し出した。

「はい、なぎさ。行こ」

その笑顔は『気にしないで』というかのようで、私はついそれ以上の言葉を呑み込んでしまった。

「……ありがとう」

今度、ちゃんと返そう。

そう決めて、私は新太と水族館の中を歩きだした。

薄暗い館内は、冬の平日ということもあって、思ったより人は少ない。

「空いてるねー、ラッキーだ」

笑う新太と目の前の大きな水槽を見上げると、小さな色とりどりの魚たちがすいすいと泳いでいく。

「かわいい……」

「うん、かわいい」

つい笑みをこぼして言うと、新太も笑う。指先でちょんちょんとガラスを小突くと、

魚たちは応えるようにくるりと回転した。

「新太はここ、何回か来てるの？」

「うん、まぁね」

「へぇ……誰と？」

一緒に水族館に来るような相手。咄嗟に女の子を思い浮かべて尋ねると、新太はそんな私の心を読むようにふっと笑う。

「子供のときにじいちゃんと。なに、彼女と、とか思った？」

ぎく、と鳴る胸の音を隠すように「別に」と不機嫌な返事をしてしまう。

そんな私の態度に新太はおかしそうに笑って、ぽんぽんと私の頭を撫でた。

「悲しいことにもう三年以上彼女なんていないし、バイトやら勉強やらで彼女作ってるヒマなんてありません」

「……聞いてごめん」

「って謝らないでくれる!?　余計傷つくんだけど！」

……なんて、かわいげない言い方をしながら、ちょっと安心してる自分がいる。

って、なんで安心？　別に、新太なんてただの同居人っていうか、それ以上でも以下でもないっていうか……。

そう心の中で否定してから、ふと思う。

友達とか、家族とか、それ以上の〝好き〟という気持ちを自分は知らないこと。

「……私、恋ってよくわかんないんだよね」

ぼそ、と小さな声で言ったひと言に、新太は不思議そうに首をかしげる。

「そうなの？」

「うん。付き合った人はいても好きにはなれなくて、結局すぐ別れて……揉め事の火種になるだけだったし」

嫌いじゃないから、付き合えば好きになれるかもしれない、そんな気持ちで相手の告白に頷いた。

でもなかなか好きにはなれなくて、こっちの無関心は相手に伝わってしまうものらしく、結局すぐ去っていってしまう。

そんな話が自然と広がり、『男なら誰でもいいんでしょ』と、陰口を叩かれた。

それを繰り返し、トドメに吉田くんの一件で、異性と関わるといやなことにつながると思うようになってしまった。

「別に、知らないままでいいけどさ。恋したいとか思わないし」

ひねくれたようにつぶやく私に、新太は「そんなこと言わないの」と頭をくしゃくしゃと撫でる。

「いつか絶対わかるときがくるよ。一緒にいたいとか、愛しいとか思える人と出会えたときに、これが恋だったんだなって気づけるはず」

一緒にいたい、愛しい、そう思える人と？

新太の目をじっと見つめると、その目もしっかりとこちらを見つめてくれた。

「その思いに気づいたとき、過去に引きずられたらダメだよ。これまでいやな思いをしてきたかもしれないけど、だからって自分で未来を決めつけるなんてもったいない」

そう言いながら優しく微笑んだ新太に、胸の奥では、ドキ、とこれまで感じたことがないような音が鳴った。

柔らかく、あたたかい、くすぐったさを覚える感覚。

小さな芽が出るような気持ちに、染まる頬を隠すようにふんっと顔を背けた。

「彼女がいない人に言われてもね。説得力ないし」

「うっ！」

なんて、またかわいげのない言い方。

だけど、いつか誰かを好きになったとき、か……。

一緒にいたい、愛しい、その気持ちに思い浮かぶのは新太の顔。

今、新太に感じている以上の安心感やくすぐったい気持ちを感じられる人となんて、出会えるのかな。……出会えない、気がするよ。

そんなことを言ったらきっと、新太は『未来はわからないよ』って笑うだろうから、思いは胸の内に秘めたまま、言葉にせずに呑み込んだ。

「新太、行こ」

小さなひと言とともに、初めて自ら差し出した手。

私の白い手のひらに新太は一瞬驚いて、意味を理解してから、笑みを浮かべて手を取った。

ぎゅっと力を込めて握ると、今までで一番彼を近くに感じられた。


それから私たちは、水族館の中を隅から隅まで余すことなく見て回った。

イルカショーでは頭から水をかけられて笑って、ふれあいコーナーでは恐る恐るウミガメに触った。ごはんを食べてからペンギンを見て、アシカに癒されて……。

『今月の特集展示』という月替わりのコーナーに展示されていた爬虫《はちゅう》類を見て、私は絶叫し、新太は楽しそうにはしゃいだ。

楽しい。

その思いとともに、ずっとこの時間が続いてほしいとも思った。けれど現実は無情にも、あっという間に時間が過ぎてしまう。

「はーっ、楽しかった！」

「うん、楽しかった」

水族館の大きな時計が夕方四時を指した頃、満足した笑顔を見せながら私たちは水族館を出た。

建物を出てそのまま歩いていくと、すぐ裏の海辺につながっている。誰もいない砂浜を歩くと、柔らかな砂に足をとられそうになる。

「もう夕日が傾いてる。冬だなーって感じだよね」

その言葉につられて見ると、目の前の空には真っ赤な夕日が沈み始めている。水面にオレンジ色の光が輝いて、私と新太を赤く照らした。

陽が沈みだす。

つまり、もうすぐ終わりがやってくる。

一日の終わり。新太と過ごす、日々の終わり。

つい数日前まで恐怖でしかなかった夕焼けが、今はこんなにも、この胸を切なく締めつける。

「なぎさ」

不意に新太が足を止めて私に差し出したのは、ピンク色のイルカのキーホルダー。

差し出されたそれを、条件反射でつい手に取った。

「かわいい……けど、これなに？」

「さっき売店で買ってきた。そっちはなぎさのね」

「え？」

そっちは？

その言葉の意味を問うように見ると、新太はポケットから青いイルカのキーホルダーを取り出し見せた。

まるで、『こっちは俺の』と言うように。

つまりそれは、お揃いのキーホルダーということ……。

「いつの間に買ってたの？」

「トイレ行ったついでにね。思い出だけじゃなくて物もなにか残したいなーって思って」

そう考えて、わざわざ買ってきてくれたんだ。

こうしてまたひとつ感じる新太の優しさが、うれしい。

「いいの？　もらって」

「もちろん。お守りだよ。俺にとっても、なぎさにとっても」

それはこれから先、お互いの日々に戻っても、切れることのない絆のように。

彼の思いを抱き締めるように、私は手のひらの上のキーホルダーをぎゅっと握り締めた。

「……ありがとう。大切にする」

大切に、するよ。

キーホルダーも、言葉も、思いも。

するとそのとき、ザザン、と寄せた少し大きめの波が、波打ち際で立ち止まっていた私と新太の足を濡らした。

「うわっ、濡れた！」

「……新太がこんなところで立ち止まるから」

「俺のせい!?」

スニーカーの中までびしょ濡れだ。

責任を押しつける私に、新太は笑ってそのまま靴も脱がずに海へ踏み込む。

「って、新太。もっと濡れるよ」

「これだけ足濡れたら全身濡れても同じでしょ」

「もう……帰りどうするの。それに風邪ひいても知らないから」

どう見ても海水は冷たそうだし、以前自分で『この時期に海に入ったら風邪ひくよ』なんて言っていたくせに。最後まで自由な人だと、あきれたように笑った。

ざぶざぶと小さな波を蹴りながら、新太は海に入っていき、膝下まで海につかってしまう。

「ねぇ、なぎさ？」

「なに？」

「一週間、楽しかった？」

海につかりながら、砂浜に立つ私に届くように声を大きくして問いかけてくる。

新太に出会って、一週間。

逃げたい気持ちから始まったこの生活が、『楽しかった？』なんて……そんなわかりきった答え、聞かないでよ。

「……うん。驚いたり、とまどったり、怖かったり、泣いたりもしたけど……楽しかった」

楽しかった、よ。

いつも、新太が笑ってくれたから。

優しい手で頭を撫でて、心に寄り添ってくれた。たくさんの言葉を与えてくれた。

楽しかった、幸せだった。この胸に希望が芽生えた。

その気持ちを込めて頷いた私に、新太はうれしそうに笑う。

「この先の人生もきっと、楽しいことはいっぱいあるし、愛しいものとも出会えるよ。生き方だって、ひとつじゃない。選べる自由が、どこにだってころがってる」

「……うん」

「だから、頑張るんだよ」

細められた瞳に、夕日のオレンジ色が輝く。けれど、その目はどうしてか、とても切ない色をしていた。

……待って、新太。ねぇ、どうしてそんな言い方をするの？

なんでそんな、すべて私に託《たく》すような、自分には未来がないかのような、そんな言い方を、笑顔でするの。

いやな予感が胸によぎり、私も海に入ると新太の手をつかんだ。

それはまるで、ここに彼を引き留めるかのように。

「新太は……？」

「え……？」

その言葉に、その目は驚いたようにひらかれる。

「新太にだって、明るい未来は待ってるよ。だから、あきらめないでよ……やり直そうよ、一緒に頑張ろうよ」

昨日も、そうだった。

私にはあきらめないでというくせに、新太は自分は手遅れかのような言い方をする。

でもね、思うよ。私に戻れる場所があるように、新太にも戻れる場所はあるんじゃないかって。

新太のお父さんお母さんだって、きっと新太と話せる日を待ってる。完全にわかり合うことができなくたって、伝えることで知ることはできる。だから、あきらめないで。

その一心で伝えると、私はキーホルダーをぎゅっと握り締めたまま、もう片方の手で新太の手を握る。

けれど、応えるように新太が見せたのは悲しげな笑顔だった。

いやだ。そんな笑顔でごまかさないでよ。

冷たい海水が、足もとを芯から冷やしていく。だけどそれでも、私はこの場に立ち新太と向かい合う。

「私……頑張るから、すぐには無理でも、現実と向き合って生きていくから。つまずいても、転んでも、歩いてく」

きっと私はこの先も、何度だって同じように、また迷って悩んで、立ち止まる。けど今ここから、まず一歩を踏み出す勇気をくれたのは、その優しさなんだ。

「いつか新太みたいな、誰かを照らせる人になるからっ……」

だから、見ていてよ。

何年何十年かかるかはわからない。将来なんの仕事に就いて、どんな暮らしをしているかなんてまだ全然わからない。だけどそのときには、新太も幸せな笑顔でいてくれなきゃいやだよ。

その言葉が、予想外だったのだろうか。驚いた顔をしてみせる新太の冷えた手を、私はぎゅっと握る。

どうしてか、今にも彼が消えてしまいそうな気がして、離したくない、伝えたい、その一心で力を込めた。

すると新太は、その私の腕をぐいっと引っ張り、私を両腕で抱き締めた。

「あら、た……？」

言葉なく、強く体を抱き締める。

その腕には痛いくらいに力が込められて、次第に肩にじんわりと水滴がにじんだ。

この肩を濡らすのは、きっと、彼の涙。

「……よかった、なぎさにそう言ってもらえて、よかった……」

強い腕と、彼の涙、『よかった』のひと言。それは、いかに彼が私のことを思ってくれていたかを証明していた。

その思いに包まれて、思うんだ。これほど強い力で抱き締めてくれる人、自分を思って泣いてくれる人が、この広い世界にどれだけいるだろう。

そんな存在と出会えた私はきっと幸せ者だって、心からそう思うよ。

伸ばした腕で、私も新太の体をぎゅっと抱き締め返す。硬くたくましい体は、ひどく冷たい。

波に包まれ抱き締め合う、こんな姿を誰かに見られたら、どんな視線を向けられるかわからない。だけどそれでも、この体を離すことなんてできない。

このまま、ずっと一緒にいたい。愛しい、彼と。

「きっとあの日、俺となぎさが出会えたのは、偶然じゃない」

耳もとでぼそ、とつぶやかれた言葉に私は顔を上げた。

「え……？」

「トラが、俺となぎさの願いを叶えようと、引き合わせてくれたんだ」

見上げれば、そこには涙で濡れた新太の顔がある。

トラが、私と、新太の願いを叶えようと……？

私は、生きる意味を知りたいと願っていた。

じゃあ、新太の願いは？

「新太は、なにを願っていたの……？」

思いのままに問いかけると、涙が滲むその目は悲しげに細められる。

「ずっと、誰かの力になりたいって思ってた」

誰かの力に、なりたい。

新太の切ない表情に、いやな予感が増していく。

「今まで、なぎさに嘘をついていたんだ」

「う、そ……？」

「あの日、なぎさと出会った日。じいちゃんの墓参りの帰り道に、トラとはぐれた俺は住宅街を駆けていて……横断歩道のところで、トラと女の子を見かけた」

新太があらためて語りだすそれは、あの日の出来事。

女の子……つまり私が、トラを助けたときのことだ。

知りたい、けど、知りたくない。どうしてかいやな予感がして、その言葉の続きが怖い。

けれど、そんな私の思いにも構わず新太は言葉を続ける。

「突っ込んできた車にひかれそうになったトラを、その女の子は助けようとして……危ないって、そう思った俺はその子をかばって、車にひかれた」

「え……？」

新太が、ひかれ、た？

だって、あのとき私はひかれていなくて、ひとりで転んで気絶して、そこを新太が助けてくれたって、そう言っていたのに。

それが嘘？

なんで、どうして？

笑えないよ、くだらないこと言わないで。

そう笑い飛ばすことさえさせてくれず、新太は真剣な顔で私を見た。

「全身が鈍く痛くて、視界もまともに見えなくて、段々と遠くなっていく意識の中、『ああ、ここで死ぬんだな』って直感した。だから、必死に願ったんだ」

「なに、を……?」

「目の前に倒れている女の子だけは、助けてくださいって。最後くらいは、誰かの役に立ちたいって」

『誰かの役に立ちたい』

目の前の女の子だけは、つまり、私のことは助けてほしいって。

それが、新太の願い?

「強く強く願ったら、神様が時間をくれた。信じてもらえないかもしれないけど、俺の意識の世界の中で、一週間だけなぎさと過ごすことを許してくれた」

嘘?

神様?

新太の意識の中?

「な、に……言ってるの、なにそれ、笑えない」

まるで夢の話のようなその内容に、私は顔を引きつらせて笑って流そうとする。けれど、いつものように笑ってはくれない新太に、作り話ではないのだと知る。

あの日本当は、新太は私をかばったときに命を落としていて、私を救おうと願ってくれた。

この一週間、私が過ごしていたのは現実世界ではなく、新太の意識の世界の中。

すべては私の為に用意された時間だった。

……なんて、そんなこと言われて信じられるわけないよ。

信じたく、ない。

そう強く思う反面、だから新太は自分には未来がないかのような言い方をしていたんだ、と、納得できてしまう自分が憎い。

「やだ、やだよ……そんなの嘘でしょ？　そんな……」

「……ごめんね」

「私だけが生きていても仕方ないよ……ずるいよ、私には『生きて』って、『頑張れ』って言ったくせに……なんで」

うまくまとまらない言葉とともに、涙で視界が滲む。

信じたくない。なのに、涙がこうしてあふれてくるということは、信じてしまっている証拠なのだと思う。

「きっと、俺はあの瞬間に死ぬ運命だったんだと思う。けどなぎさには、神様が『もっと生きてみなさい』って言ってくれてるような気がするんだ。だから、生きていてくれなくちゃいやだよ」

「やだっ……私だって、新太がいなくちゃいやだ！　一緒に生きて、もっといろんなこと教えてよ……だから、行かないで」

行かないで。

一緒に、同じ世界にいて、いつもみたいに笑ってよ。

いきなり種明かししてさよならなんて、そんなのずるい。

止まらない涙を拭う余裕もなく大きな声を出すと、新太の細められた目もとにも涙が浮かべられた。

「……ありがとう、なぎさ。君と出会えて、生きてきたこと、無駄じゃなかったって思えたよ」

新太はそう言って、私の額にそっとキスを落とす。

薄い唇の感触を額に確かに感じた。その瞬間、しっかりとつかんでいたはずの体が、手からすり抜けるように消えた。

まるで空気に溶けるように、その体は透けて、一瞬にして光になっていく。

「やだっ……やだぁっ……」

とめどなくあふれる涙を拭うこともせずに、消えていく彼をつなぎ留めようと手を伸ばす。

けれど掴むことはできなくて、新太の姿は完全に消えていった。

『……大好きだよ、なぎさ』

波の音の中、そのひと言だけを残して。

「……う、そ……」

消えて、しまった。

待って、待ってよ、新太。

行かないで。そばにいて。同じ世界に、生きていてほしいよ。

「やだ……新太、新太ぁっ……！」

冷たい海の中、膝をついて泣きじゃくる。

新太が私のために くれた時間。最後は笑って過ごすべきだったのかもしれない。笑って、気持ちよく『ありがとう』って、伝えるのが正解だったと思う。

でも、できないよ。失う悲しみが大きすぎて、涙ばかりが込み上げる。

泣いて、泣いて、泣きじゃくって、新太との日々を思い出す。

楽しかった、あたたかかった日々。すべてが過去形になってしまうくらいなら、このままここにいたい。新太の意識の中で、彼の近くにいたい。

そう強く願うのに、ここにもうとどまれないことも、なんとなくわかっている。

「新太……新太っ……新太ぁーっ……!!」

何度呼んでも、声は返ってこない。

『なぎさ』、そう笑ってくれる姿を頭に思い浮かべることはできるのに、もう私の前には決して現れてなどくれない。

そのとき、押し寄せた大きな波が私を正面から呑み込んだ。

苦しさと涙に溺れるように波にもみくちゃにされるうち、手からは力が抜け、キーホルダーを手放してしまった。

待って、キーホルダーが、新太からのお守りがっ……！

そう手を伸ばすけれど、再び押し寄せる波が、私からキーホルダーを奪い引き離す。

待って、待ってよ、ねぇ。

行かないで。

意識が遠く、なっていく。

第十二章　君という花

大きな悲しみが、喪失感が心を覆う。

力が抜けて、体は波に呑まれて、水が肺に入り込んでいく。

苦しいよ、新太。助けて。

そう叫ぶように願うのに、心のどこかではちゃんとわかってる。

もう彼とは、会えないこと。

全身にずしりとした重みを感じ、まるで体に魂が帰っていくような感覚がした。


閉じた瞼の向こうに、明るさを感じる。

ぽかぽかとしたあたたかさに起こされるように、私はそっと目をひらいた。

頭上に広がるのは、真っ白な天井。

ここ、どこ……。

心の中でつぶやきながら小さく息を吸い込むと、消毒液の独特な匂いがした。

目を動かし見える範囲で確認すると、真っ白な壁の室内で、真っ白なカーテンが揺れているのが見える。自分ひとりしかいない室内と腕につながれた点滴に、ここが病院であることを察した。

なんで私、病院に……？

起き上がろうとするけれど、ひどくだるい体は簡単には起き上がってくれない。

仕方なく寝返りを打つだけでもと、そっと体を動かすと、肩や足からはズキッとした痛みが伝う。

「いっ……」

その痛みについ声を漏らした、そのときだった。ガシャン、となにかが割れる音が響いた。

その音がした方向へ顔を向けると、そこには病室のドアを開けたところだったらしいお父さんとお母さんが、驚いた顔でこちらを見ていた。

その足もとには割れた花瓶と、綺麗な花が散らばってしまっている。

「ふたりとも……どうしたの？」

なんでそんなに驚いているの？

枯れた小さな声で問いかけた私に、お母さんは丸くした目に涙を浮かべると、それをこぼすより早くこちらへ駆け寄る。そして横になったままの私の枕もとに膝をつき、左手をぎゅっと握った。

「お、お母さん？」

「なぎさっ……なぎさ、なぎさ、なぎさっ……！」

何度も何度も名前を呼んで、私の手を両手でぎゅっと握り、手の感触を確かめる。

それは、私の存在を確かに確認するように。

初めて見る、瞳から大粒の涙をこぼし、顔をぐしゃぐしゃにして泣くお母さんの姿。その姿ひとつで、お母さんがどれほど自分のことを思ってくれていたか、言葉にしなくても伝わってきた。

お母さんの声に応えるように、私はうまく力の入らない手でその手をきゅっと握り返した。

お父さんは続いて病室へ入ってくると、言葉なく私の頭をポンポンと優しく撫でた。子供の頃以来、久しぶりに触れたその大きな手は変わらずにあたたかく、懐かしさに小さく笑うとその目にも涙が滲んだ。


それから、駆けつけた看護師さんや医師による検査等を終えた私は、ベッドにもたれながらも体を起こせるようにまでなった。

そんな私の横で、時間の経過とともに落ち着きを取り戻したお母さんが現在までの状況を話してくれた。

十二月一日に事故に遭ってから、今日で丸一週間が経っていたこと。

あの日、私が家を出ていったことに気づいたお父さんとお母さんは、ふたりで必死に私を探してくれたこと。

見つからず、あきらめかけていたところで救急車の音を聞き、いやな予感がして事故現場に行ったこと。

「体の怪我自体はひどくはなかったんだけど、強く頭をぶつけていて……お医者さんの話では意識が戻るかどうかは『この一週間が勝負になるでしょう』って」

〝一週間〟。その時間に、ああ、だからかと納得できた自分がいた。

新太が言っていた、神様がくれた〝一週間〟。それは私の命がつながっていられるギリギリの期限だったんだ。

「でもよかった……本当に、よかった。ね、お父さん」

「……あぁ、そうだな」

お父さんは、相変わらず言葉少なに答える。けれど、久しぶりにこうしてあらためて向き合うと、ふたりともなんだか痩せた気がする。

それに目もとにはうっすらとクマができていて、ここ数日のふたりの苦しみが痛々しいほどに伝わってきた。

そういえば、いつもならふたりとも仕事をしているはずの時間だ。

なのに、こうしてふたりでここにいてくれていた。いつ目覚めるかもわからない私のために、これまでずっと大事にしてきた仕事を休んでここにいてくれた。

そのことで思い出すのは、先日新太から言われたひと言だった。

『生きてほしいって思ってるよ』

……本当、だった。

私のために泣いて、悩んで苦しんでくれていた。

そんなふたりに、今さらなんて言葉で応えればいいかなんてわからない。

だけど、特別な言葉が出てこないのなら、真っ直ぐに思う心を伝えよう。彼が、私に真っ直ぐに向き合ってくれたのと同じように。

「……ごめん、なさい」

「え……？」

突然私がぼそ、とつぶやいたひと言に、ふたりは驚いたように聞き返す。

「たくさん心配かけて、迷惑かけて……ごめんなさい」

伝えたい、『ごめんなさい』の気持ち。

「それと、ありがとう。ここに、いてくれて」

そして、『ありがとう』の気持ち。いつもだったら素直になんて言えない。けど今は、今だけは、あふれる気持ちのまま伝えよう。

すると、それまで黙っていたお父さんがそっと口をひらいた。

「なぎさが事故に遭って、父さんも母さんも本当に後悔した。だから……なぎさが目覚めたら絶対言おうって思ってた言葉があるんだ」

「え……？」

言おうと思っていた言葉……？

それって、と聞こうとした私に、お父さんは突然私の顔を両手でしっかりと掴んで、真っ直ぐに目を見る。一瞬ためらい、けれど勇気を振り絞るように言葉を続けた。

「……ごめんな、なぎさ」

「え……？」

『ごめん』、それは、予想もしなかったひと言。

「俺たちは、なぎさに甘えてた。仕事なら仕方ないって納得してくれるだろうとか、しっかりしてる子だから大丈夫だろうとか、勝手に思って甘えてたんだ」

続いてお母さんも、涙ながらにその胸の内の本音をこぼす。

「だけど、そんなわけないよね。しっかりしてるんじゃなくて、しっかりした子でいようとしてくれてたんだよね」

「だからこそ、あの日からなぎさにどう接していいかがわからなかった。自分の言葉がなぎさを傷つけるかもしれないって、そう思ったら怖かった」

お父さんもお母さんも、悩んでいたんだ。

ただ逃げていたんじゃなくて、考えて考えて、苦しんでいた。

「お父さんとお母さんね、事故に遭った日も、今日こそはなぎさと向き合って話そうって思ってて……だけど、言えなくて」

私のことを思って、苦しんで、向き合おうとしてくれていた。

なにも知らないくせにって、そう思っていた自分が恥ずかしい。

なにも知らないのは、私のほうだったんだ。

「こんな親でごめんな……こんなことを言う資格はないってわかってる。けどな、あの日なぎさが生きててくれてよかったって、本当に思った。今も、助かってよかったって、心から思ってる……」

言葉を詰まらせながら、そう言ったお父さんの瞳からは、一筋の涙がこぼれ頬を伝う。

「なぎさが生まれたあの日から、今日までずっと。世界で一番、大切に思ってる」

その言葉がうれしい。愛しい。胸の奥からあたたかさが込み上げてくる。愛情の込められたお父さんの言葉に、デスクに飾られていた写真を思い出し、瞳からは涙があふれた。

「っ……うん……」

寂しかった。

いい子でいなくちゃ、心配かけちゃいけない、そんな優等生ぶった気持ちで本音をずっと隠してた。

だけど、本当はずっと、その言葉がほしかった。甘えられる存在や、言葉がほししかったんだ。

少し遠回りをしてしまったけれど、今、こうして知ることができた。

自分を包んでくれるあたたかさがこんなにも近くにあること。


それから、初めてに近いくらい、長い時間ふたりと話をした。学校であったこと、私自身の気持ち、ふたりの気持ちや仕事の話……。

いきなりそんなにたくさんは話せないし、度々言葉も詰まってしまう。話せば話すほど、お互い知らなかったことばかりなのだと思い知る。

だけど、少しずつ、少しずつ、心の距離を埋めていこう、と。そう思い話すとお互いの距離は、一歩ずつ近づく。

お父さん、お母さん、ごめんね。心配かけて、ごめんなさい。

その腕が、涙がうれしいと思えるほど、大好きだよ。

だから、これから家族としてやり直していこう。足りなかった言葉を補って、遠かった距離を縮めて、ここから。


少し迷ったけど、ふたりに新太のことは聞けなかった。

本当に存在しているかわからない人と一週間過ごした、なんて変なことを言いだしたと余計に心配かけるのもいやだった。

それに仮に新太が言っていたことが事実だったとして、ふたりがその話をしないのは『自分のために亡くなった人がいる』ということに私の心が耐えられないと考えてくれてのことだと思うから。

今は、問いかける言葉を呑み込むと、決めた。

……それに、誰にも聞かなくても、きっと、きっと。

記憶を頼りに歩きだせば、証はきっと、あの場所にあるはず。


それから私は精密検査などを受け、幸い体にはなんの後遺症も残っていないことが判明した。

それでも長い時間眠っていたことで低下した筋力や栄養をつけるためのリハビリ生活を送り、自宅に帰れるようになったのは一週間が経つ頃だった。

約二週間ぶりに帰った自宅は、当然だけどなにも変わっていない。広いリビングと、少し散らかった自分の部屋があった。

けれど、私の退院に合わせて仕事を休んだふたりとダイニングで夕飯を食べて、変わらないはずの家の中に、自分以外の存在を感じられることがうれしかった。

ごはんを食べながらつい泣いてしまった私に、ふたりも、少し泣いていた。

そんな食卓を過ごした、翌日のこと。

「じゃあ、お母さん仕事行ってくるけど、夜には帰るから」

「うん。行ってらっしゃい」

いつもどおりに迎えた、朝。とっくにお父さんは仕事に出て、続いてお母さんも家を出た。

けれど、お母さんは職場の人の勧めで勤務時間を今までより少し減らすことにしたのだそう。お父さんも、最低でも日曜日だけは、家族のための時間をつくると決めたのだという。

もう幼い子供という年でもないのに、ふたりが自分のために時間をつくろうとしてくれることが、なんだかちょっと心苦しい気もする。

けど、うれしい気持ちがあるのも確かで。少しの間は、ふたりの気持ちに甘えてみようとも思う。

「……よし」

ふたりが出かけた今、私も着替えて出かけよう。

夢が夢だったのかを、確かめに。

服を着替え、財布を手にして駅に向かう。

そこからバスと電車に乗って、一時間以上はかかっただろうか。

『湘南海岸公園駅《しょうなんかいがんこうえん》、お降りの際は――』

電車のアナウンスに案内されるように電車を降りると、記憶に新しい潮の香りがした。

小さな駅の改札を出て、少し道に迷いながら、ぐるぐると住宅街を歩く。

どこ、だっけ。どう行ったっけ。

どこを見ても似たような細道が続くうろ覚えの道に、歩き出そうとした足は止まり、どう進んでいいかわからなくなる。

「勢いで来たはいいけど……どうしよ」

しばらく歩いてきたところで、困ったようにきょろ、とあたりを見渡すと、目に入ったのはどこか見覚えのある踏切だった。

あれ、あの踏切、たしか……。

その記憶を思い出すと同時によみがえる、新太の笑顔。

『帰ろう』

そう言って、つないだ手を引いて歩いてくれた。その景色が、まるで映像のように思い出されて、自然と足は進んでいく。

踏切を越えて、少し歩いた先の細い道に入る。そこを抜けたら、自販機のある角を曲がって、しばらく歩いて、坂を下って空地を通り過ぎる。

そしてまた次の角を右に曲がれば……。

「……あった」

波の音を聞きながら見上げると、目の前に建つのは二階建ての大きな日本家屋。

少し古いその家は、一週間前とまるで変わらない。

「新太の、家だ……」

新太と過ごした日々は、夢だったのか。新太という人は、本当に存在していたのか。

それらを知るべく私がやってきたのは、新太と暮らしたこの家だった。

中に入れるかはわからないし、入れたとしてもどんな現実が待っているかもわからない。

新太という人が実在しているのか、もういないのか、そもそもここがまったく違う人の家かもしれない。なにひとつわからない現実と向き合うのは、怖い。

……やめ、ようかな。

意気込んで来たはいいけれど、臆する足は進むことをためらって、そのまま動けなくなってしまう。

でも……きっと、ここで帰ったら絶対後悔する。

新太との日々がただの夢だったのか、それすらもあやふやなままになってしまう。

『あの日、確かめに行けばよかった』という後悔は、そのうち悲しみに変わって、いつしか思い出すこともいやになってしまうかもしれない。

そんなのは、いやだ。

決心するように息をひとつ吸い込むと、少し古びた黒い門に手をかけてそっと開け一歩踏み込む。緊張感とともに玄関のインターホンを押すと、ピンポン、という短い音が聞こえた。

ところが、少し待ってみても、その音に応えるような声も物音すらも聞こえてこない。

誰も、いないのかな。

試しにドアを引いてみるけれど、鍵が閉まっていて入れそうにはない。

これじゃあなにも確かめようがないや……。

このパターンは予想しておらず、どうするべきかがわからない。すると突然、「ニャア」と小さな声が聞こえた。

「え……？」

今の声って……。声のした方向へ視線を向けると、目の前には裏口方面から姿を現したらしいトラがいた。

「トラ！　なんで、ここに……」

まう。

「ニャァ〜」

驚き声をあげた私に、トラは『待ってたよ』とでも言うかのようにシッポを振る。けれどこちらに近づくことはなく、トラはそのまま裏口のほうへと戻っていってしまう。

「あっ。待って……」

トラがいるってことは、やっぱりこの家での日々は夢なんかじゃなかった。

じゃあ、新太は……。

微かな期待を胸に感じて、私はトラを追いかける。ちょうど台所の裏に着くと、トラは開いたままになっている台所の小さな窓からひょいと家の中へ入っていく。

ここ、前にトラが飛び出した窓……また開けっ放し。不用心だと思うけれど、トラはここから私を迎えに来てくれたのだろう。

けど私も窓から入るわけにはいかないし……と、勝手口のドアに手をかけると、その鍵はかかっておらず、ガチャリとドアが開いた。

開いてる……本当に不用心だ。

でも、これをチャンスだと思ってしまう自分もいる。

こそっと中を覗き込むと、台所は静まり返っている。

「……お邪魔、します」

ひと気はなく、誰もいないだろうことはあきらかだ。けれど一応つぶやいて、靴を脱ぎ家に上がった。

見回せば、こげ跡のついたガスコンロや使いかけの調味料が置かれた台所は、私が見ていたものと変わらない。

食器カゴに置かれたままのカップが、数日前まで誰かがここで生活していたことを感じさせた。

新太が、毎日のように立っていた場所だ。

毎日ここでごはんを作って、私が作ると言った日も、隣に立って手伝ってくれた。

ここにはいないはずのその姿を思い浮かべながら、足はそのまま戸をひとつ隔てたすぐ隣の居間へと向かった。

畳が敷かれ、四角いテーブルが置かれた居間。そこもやはり変わりなく、ただ静けさだけが漂っている。

『新太』、そう呼べば、どこからかひょいと顔を見せてくれそうな気がする。

『なに?』なんて尋ねて、笑ってくれる。そんな彼を思い出して、けれど実際には誰の気配もいっさいしないことにがっかりして、テーブルのほうへと目を向けた。

すると、テーブルの上……いつも新太が座っていた席のところになにかが置かれていることに気づいた。

よく見ればそれは、ピンク色のイルカのキーホルダー。そう、あの日水族館で新太がくれて、波の中で私が手放してしまったものだ。

「なんで、これが……」

もしかして、新太が……!?

一瞬にして込み上げる期待とともに、勢いそのままキーホルダーを手に取る。

すると、そのキーホルダーの下には一枚の紙が置かれていた。

「これ、なに……?」

不思議に思い紙を見れば、そこには【なぎさ、トラをよろしく。――新太】と書かれている。

それは、綺麗に整った、紛れもない新太の字。

そのたったひと言に、私は察してしまった。

大切なトラを、私に託してくれた……それはつまり、新太がこの世界にはもういないという、なによりの証拠だ。

完全にはあきらめきれていなかった心の糸がプツンと切れて、私はその場に力なく座り込む。

「なんで……なんで、こんな、手紙なんて残して……」

もし私が来なかったらどうするつもりだったの。私が家に入らず帰っていたら、この手紙とキーホルダーを見つけられなかったら。

……ううん、わかっていたんだ。

新太は、私ならここに来るって、必ず自分の目で確かめに来るって。

信じて、くれていた。

「っ……バカっ……！」

その信頼がうれしくて、涙があふれだす。それが頬を伝いポタポタとこぼれると、手紙の上に落ちて新太の文字を滲ませた。

止まらない涙に、胸が苦しい。キーホルダーをぎゅっと握って抱き締めると、もう我慢はできなくて、私はそのまま泣き崩れてしまう。

「新太……新太ぁっ……」

新太は、どんな気持ちで私と一週間を過ごしていたんだろう。

悲しかった？　切なかった？

わからないよ。だって、なにも言ってくれなかったんだから。

本当のことはなにひとつ言わずに隠して、私のために、なんて。そんなのずるい。

「ニャァ」

畳の上で泣き崩れたまま動けなくなってしまった私に、トラが小さく声をかけた。

「トラ……？」

涙でぐしゃぐしゃになった顔を上げて見れば、トラは窓際に立ちこちらを見る。

それはまるで窓際に私を呼んでいるかのようで、私はゆっくりと立ち上がり近づくと窓を開けた。

縁側から中庭を見れば、空には冬の晴れ空が広がる。室内に冷たい風が舞い込むとともに、遠くから波の音が響いた。

その景色にどこか安心感を覚え、深く息を吸い込むと、自然と涙が落ち着いた。

ふと視線を落とせば、中庭の端に置かれた植木鉢に花が咲いているのを見つけた。綺麗に咲いた、紫と白の可憐な花だ。

これって……この前、新太が植えた花だ。

そういえば、帰るときに花をもらうって話をしていた。

『庭に植えた花、帰るときにちゃんともらっていくから』

この寒さの中美しく咲く花は、あの約束を果たすため、私を待ってくれていたように感じられた。

その花を見つめる私の足もとに、トラがそっとすり寄る。ひとりじゃないよ、と言ってくれている気がして、その思いを受け止めるようにトラをそっと抱き上げた。

新太の気持ちのすべてはわからない。だけど、ひとつだけ感じていることがある。

新太だって、きっと生きていたかった。生きていくのはあたりまえで、そのあたりまえの中でいつか夢見た自分になれると信じていただろう。

家族とのことだって、あきらめたフリをしながら、いつかきっとやり直せると信じていたかもしれない。

一度は切れてしまった糸も、いつか結び直すことができる。〝いつか〟の希望が胸にあったはず。

だけど、それでも彼は残された時間を自分のためではなく私のために費やしてくれた。

『ずっと、誰かの力になりたいって思ってた』

そんな優しい願いとともに、あの短い日々の中で新太が見せてくれた表情は、いつだって本物で、偽りのない心で私と向き合ってくれていた。

楽しげに笑って、ときには怒りを見せて、子供のように拗ねたり、一度だけ寂しい顔も見せてくれた。そして、うれしさに泣いていた。

すべて、本当の新太だった。

それらを知っている私は、それだけで十分なのかもしれない。

思い出が、彼がくれた言葉が、深い喪失感を愛しさに変えてくれる。

私は庭に出て、植木鉢のそばまで行くとその花にそっと触れた。

これから先、きっと私は何度でもつまずくだろう。
世界は、苦しくて難しいことばかりだから。
だけど、思うよ。
世界は、こんなにもあたたかい。
思い合う気持ちにあふれていて、いつだって、暗闇の先には光が差している。
新太がいたから、そう知ることができた。
ありがとう、新太。
ありがとう。
大好き、だよ。
波音が響く中、胸の中で彼へ向けて愛を伝えるように繰り返す。
いつか、この世界の片隅で私という花が咲く。
踏まれても、散っても、何度だって咲き誇ろう。
いつだってこの胸には、君という花があるから。

第十三章　星に願いを

それは十二月一日の、冷たい風が吹く日のことだった。

夕日が沈み、空が暗くなっていく。木々に囲まれたここでは、クリスマスに向けてにぎわう街の音色も届かない。

「じいちゃん、来たよ。今日は、トラも一緒に」

俺の言葉に続いて、服の襟から顔を出したトラが「ニャァ」と鳴く。

笑って花束を差し出せば、目の前の墓石の向こうでじいちゃんが笑っている気がした。

目を細めて、口元に深いシワを寄せてみせる、じいちゃんの笑顔。

それはいつの日も変わらない。あの日、行き場のなかった俺を受け入れてくれた日も……。


小学三年からサッカーを始めた俺は、すぐにのめり込み、中学三年になる頃には部活や地元チームでの活躍はもちろん、ジュニアユースチームのメンバーにも選ばれ……本気でプロのサッカー選手を夢見ていた。

ところが、中学三年の春。自転車に乗っていたところを車とぶつかり、利き足である右足に大きな怪我を負った。幸い日常生活に支障はないものの、選手として生きていくという道は断たれてしまった。

夢を失った悲しみは大きく、ふさぎ込んだのちに俺は荒れた。学校にも行かず、街へ出てはケンカや遊びに明けくれた。

もう、なにもかもどうでもよかった。

そんな俺を、両親が見放すのは早かった。世間体の悪い息子と同じ家にはいたくなかったのだろう。

『お前みたいな恥さらしは出ていけ。そして今後一切顔を見せるな』

そう言って、荷物ひとつを押しつけた。

もともと、仲がいいわけでもなかった。いつも忙しく、家にいないことが多かった父親と、それに逆らえない母親。そんなふたりと話し合って理解し合おうとは思えず、すべてあきらめて家を出た。

だけど、そんな自分に行き場所なんてあるわけもない。どこに行こうか、どうすればいいか、なにひとつわからないまま足はどうしてか湘南の方へと向かっていた。

サッカーでプロを目指していたこと、怪我でその夢を失ったこと、荒れて親と絶縁したこと……それらすべてを聞いてくれたじいちゃんは、言った。

『じゃあ、今日からお前はここに住むといい！　中学もできれば転校して……高校もこのあたりにいくつかあるしな』

『え？　けど……』

『なに、大丈夫だ。じいちゃんは新太のいいとこ全部知ってるから、いつでも味方でいてやる。それにまだやり直せる。だから、じいちゃんとここから一緒にやり直そう』

わかってくれる人がいる。それだけのことが、こんなにもうれしいとは思わなかった。

うれしくて、心があたたかくなって、初めて涙が込み上げた。

自分を見てくれている人がいる、隣にいてくれる人がいる。

だから、その人をがっかりさせたくない。

胸を張って、誇れる存在になる。そう、心に決めたんだ。

けれど、恩返しもまだこれからというときに、じいちゃんは倒れ、命の終わりを迎えた――。


「ニャァ」

「ん？　あぁ、ごめんトラ。そろそろ行こうか」

どれほどの時間、お墓の前で手を合わせ目を閉じていたのだろう。

痺れを切らしたように鳴くトラの声にふと我に返ると、あたりはもうすっかり暗くなってしまっていた。

「よし、家帰って夕飯にしよっか」

そう言って立ち上がり、その場を歩きだす。

毎月一日は、じいちゃんの月命日だ。その日だけは、学校があってもバイトがあっても、必ず、都内の霊園にあるじいちゃんの墓に行くと決めていた。

それは今日も変わらず、学校を終え家に荷物を置いて……少し遅くなってしまったけれど、墓参りに行こうとした。

するとせわしなく家の中を動く俺に、トラが『一緒に行きたい』とでも言うかのように、足もとにべったりくっついて離れなかったものだから、仕方なく病院に連れて行くときのために買ってあった猫用のスリングにトラを入れて、バイクを走らせ、じいちゃんの墓がある都内の霊園までやってきたのだった。

たまにはじいちゃんもトラと会いたいかも、なんてそんな軽い気持ちで。

「さて、いい子にしてろよ、トラ。バイクから落ちたら大変……」

そう言いながらバイクが停めてある駐車場へ向かっていると、突然トラが暴れだす。

「なに？　どうかした？　って、うわっ！」

そしてトラは突然俺の胸もとから飛びだすと、俺の顔を蹴って勢いよく地面に下り立った。

「いった～……ちょっと、なにすんの！」

「ニャア～」

「あっ！　トラ!?」

トラはなにを思ってか、タタッとその場を走りだす。

このまま行方不明になっては大変だと、俺は慌ててその姿を追いかけた。

「こら！　トラ待てって……！」

普段から怖がりで、自ら家の敷地の外に出ることもできないようなやつだ。道路にでも出たら動けなくなってしまうかもしれない。そんな形で大切な家族を失うわけにはいかない。

もう、家族を失うのはいやだ。

その一心でトラを追いかけ走りながら、ぐっと拳を握った。

「おーい、トラー！」

長い距離を必死に駆け足で追いかける。息を上げ、冬の夜には不似合いな汗を滲ませながら走り続けた先で、やっとトラが足を止めるのが見えた。そこには、トラを見つめるひとりの女の子の姿があった。

高校生くらいだろうか。どこか心細そうなその子は、青信号を渡るトラを見つめている。

けれど、そこにやってきたのは、猛スピードの車だった。

「危ない！」

彼女はトラをかばおうと、ためらうことなく車の前に飛びだした。

危ない。彼女がひかれてしまう。

そう思った瞬間には体が動いていて、俺は、トラを抱く彼女を抱き締めた。

ライトの眩しさとけたたましいクラクションの音、それと同時にドンッ！　と鈍い音が響く。

強い衝撃とともに体は道路に投げだされ、激しい痛みを感じると同時に意識が遠のいた。


次に意識が戻ったときには地面に横たわっていた。

痛い、ズキズキと全身が痛む。

声を出したいのに声が出ない、力も入らない。

「聞こえますか！　大丈夫ですか！」

救急車のサイレンと呼びかける声が、聞こえる。その声に応えたいのに、できない。

地面に横になったまま、薄く開いた目からかろうじて見える視界には、真っ赤な血が広がっている。

これ、俺の血？

血の海って、こういうことを言うのかな。ああ、やばい。これはもう、死ぬかも。

広がる血の先には、目を閉じ同じように横たわる彼女の姿がある。

その目からはそっと、涙が伝っていた。

死ぬのかな。俺も、この子も。

見ず知らずの猫をかばってくれるような、優しい子なのに、こんなところで命を落とすなんて可哀想すぎる。

……いやだ。

自分が死ぬより、悲しい。

「なぎさ！　なぎさっ……！」

薄く開いたままの視界の先では、野次馬をかきわけ駆けつける、中年夫婦の姿があった。

悲痛な声をあげ、女の子に駆け寄り『なぎさ』、そう名前を叫ぶ。その様子から、きっとこの子の両親なのだろう。

よく見ればその男性のほうは、偶然なのか、運命なのか深津先生であることに気づく。

じゃあもしかして、この子が深津先生が言っていた娘……？

深津先生は、言っていた。『生きてくれてさえいれば、それでいい』って。

それは先生にとってのあの子も同じこと。あのとき先生の目もとに滲んだ涙の理由はわからないけれど、その心にあの子が思い浮かべられていたことは確かで。

深い愛情に包まれた、その命がこんなところで終わってしまうなんて、残酷《ざんこく》すぎるよ。

いやだ。

いやだ、いやだ。

この子の命が尽きること。

俺の心に再び希望をくれた深津先生が、悲しむこと。

いやだよ。生きて、ほしいよ。

ねぇ、神様。いるのなら、聞いてほしい。

俺の、最期の願い。

俺はどうなってもいい。だから、彼女を助けて。

きっと、この先の人生にはまだ楽しいことややりたいこと、たくさん待ってるはずなんだ。

そして、そんな彼女が生きていくことを強く望む人たちがいる。

これ以上、深い悲しみが広がらないように。

お願いだ。

彼女を、助けて。

彼女の命を、つないで。

そう一心に願いながら、意識が薄れていく。

視界が真っ暗になって、なにも見えなくなった。


真っ暗な世界の中で、遠くから声を聞いた。

【君の願いを叶えてあげる】

……本当に？

【本当だよ。そのために一週間、時間をあげる。その時間のうちに彼女が一瞬でも帰りたいと願えれば、彼女の魂は体に戻れる】

どうして？

無条件で帰してあげればいい。待ってる人のもとに。

【今の彼女は、このまま死んでしまいたいとさえ思ってる。そんな彼女はそのまま戻っても同じことの繰り返しだ】

……同じことの、繰り返し？

つながった命の価値にも気づけず、それをまた投げようとする。きっとその度、もっともっと自分が嫌いになって、いつか本当に捨ててしまう日が来るだろう。

そんなのは、いやだから。

……わかった。約束、しよう。

一週間という、決して長くはない時間の中で、彼女にしてあげられる限りのことをしよう。

見ず知らずの女の子にどう接すればいいかはわからない。

けど、こんな俺でもなにかひとつくらいしてあげられることがあるんじゃないかって、彼女が笑ってくれる日がくるんじゃないかって。

そう思うのはきっと、なにもできずに終わりゆくものを見るしかできなかった、弱い自分を知っているから。

今度こそ、最後くらいは、誰かの力になりたいと願ってる。

最初の頃のなぎさは、ピリピリとしていて、拒むようなあきらめのような冷ややかな空気を漂わせていた。

それもそうだろう。学校に行けなくなり、世界を見限るほどのいじめ。

周りに否定され、口をひらけば笑われ、ときには暴力を受け……自分が自分でいることの意味すらわからなくなってしまっても、おかしくないと思う。

友達を失い、自分という存在を潰される。それはどんな気持ちだっただろうか、どれほど絶望的で悲しかっただろうか、なんて、想像することでしかはかれない。

けど、自分の弱さに抗おうともがいて、苦しんでいるのも、言葉の端々に感じ取れた。

向き合えばきちんと返してくれる。言葉に耳を傾け、ときおり笑顔を見せてくれる。

それが、ただただ、うれしかった。

そんな彼女にだからこそ、これまで俺がじいちゃんや深津先生からもらった言葉や気持ちを、教えてあげたかったんだ。俺はあの事故の時、なぎさを呼ぶ深津先生を見て、少しだけ自分の親のことを考えた。こんなことになるなら、もっとちゃんと向き合っておくべきだった。すぐに理解し合えなくても、自分の胸に抱えた思いを伝えるべきだったって、後悔した。

だからこそ、いっそうなぎさにはこのままでいてほしくなかった。もう一度家族と向き合って、知ってほしかった。大きく深い愛情の中に自分がいることを。

ゆっくりでいい。今は納得できなくたっていい。いつか君の力になれば、それだけでいい。


そして、出会ってから七日目の別れの日。

海の中で本当のことを話した俺を、なぎさは泣いて引き留めてくれた。

その姿はまるで、少し前の自分のようで、困ったような、うれしいような、不思議な気持ちを感じさせた。
『いつか新太みたいな、誰かを照らせる人になるからっ……』
ありがとう、なぎさ。
その言葉だけで、もう、胸がいっぱいだ。
幸せだよ。
俺はもう、ここまでしか一緒にいてあげられないけど、ずっと見守っているから。
なぎさが笑顔でいられる日々を願っているから。
だからときどき、ほんのときどきでいい。
この一週間という時間を思い出してくれたら、うれしいよ。
さよなら
ありがとう
大好きだよ
あたたかな思いとともに、心が光に溶けていく。
君が生きていること、君が笑ってくれること。それがこんなにもうれしく、愛しい。
きっと、またいつか会える。
胸いっぱいの愛を、君へ。

エピローグ　―三年後―

新太へ

久しぶり。

元気？　私は、元気だよ。

早いもので、あれからもう三年が経とうとしてるね。私もついに、新太と同じ二十歳になったよ。

私はあれから、通っていた高校を辞めて、通信制の高校に転校したんだ。月数回ある登校日に、学校へ行くのは怖かったけど、回数を重ねるごとに少しずつ慣れて友達もできて、無事卒業することができたよ。

その間お父さんお母さんとも、いろんなところに出かけたりして。たくさんの時間を過ごしながら、本当の意味で家族になれていると思う。

今はね、大学で福祉に関する勉強をしてるんだ。

新太のように、誰かのためになれる仕事はなんだろうって考えたとき、介護や医療の現場で、人の命に寄り添いながら生きていきたいと思ったから。

だから今は、勉強で毎日手いっぱい。

あ、そうそう。約束どおり、トラはうちにいるよ。

あの日いきなり連れ帰ったトラに、お母さんたちはびっくりしてたけど、今ではもう立派な家族の一員だよ。


ねぇ、今頃新太はそっちでおじいちゃんと一緒にいられてるかな。

いつか私がそっちにいくまで、変わらない笑顔でいてね。

その日まで私も、胸を張って生きていくから――。


「なぎさ、学校遅刻するわよー！」

「はーいっ」

お母さんに呼ばれて、書きかけの手紙を机にしまう。

書き終わったら、次の命日に彼のもとへ持っていこうと、そう心に決めて。

開けたままの大きな窓。ベランダには、たくさんの鉢に植えられた花たちが揺れる。

それはあの日、新太の家からもらってきた花。

あれから三年、私は毎年自ら種をまき、その花を育てている。

やっと芽が出るうれしさも、いつか枯れてしまうさみしさも、すべてに愛しさを感じながら。青空の下、紫色の花を美しく咲かせるビオラの花。花言葉は〝私の胸にはあなたがいる〟。

その心に、この心に、いつの日も。

君という花が咲く。

End.

あとがき

初めまして、夏雪なつめと申します。

この度は本作をお手にとっていただき、ありがとうございます。

なぎさと新太の七日間の物語、いかがでしたでしょうか。

普段は小説サイト『ベリーズカフェ』さんにて大人女性向けの小説を中心に書いている私ですが、このお話は、いつか高校生を主人公にしたお話を書きたいと長年温めていたものでした。


実は私自身、高校時代に不登校を経験しています。いじめなどはっきりとした理由があったわけではなく、ただ周囲に上手く馴染むことができなかっただけなのですが、学校へ行けない自分は『普通』の道から外れてしまったような、そんな不安を強く感じていました。

けれど、そんな私に両親がくれた言葉は「学校だけがすべてじゃない」でした。自分に合った環境でやっていけばいいんだと、私がその言葉に励まされ、自分なりにやってきた先でこうして今生きていく理由と出会えたように。今この世界のどこかで、同じような不安や苦しみに悩む誰かに、なにかひとつでも、ほんの少しでも、伝わればいいなと願っています。

最後になりましたが、本作の出版にあたり携わってくださった皆様に心より感謝申し上げます。特に、未熟な私にお力添えしてくださった担当の森上さん。素敵なイラストで表紙をかざってくださったいつか様。そしていつも応援してくださる皆様。沢山の方のおかげで、一冊の本を生み出すことができました。本当に本当に、ありがとうございました。

またいつか、お会いできることを祈って。

二〇一七年二月　夏雪なつめ

この物語はフィクションです。実在の人物、団体等とは一切関係がありません。

夏雪なつめ先生へのファンレターのあて先
〒104-0031　東京都中央区京橋1-3-1　八重洲口大栄ビル7F
スターツ出版(株) 書籍編集部 気付
夏雪なつめ先生

あの頃、きみと陽だまりで

2017年2月28日　初版第1刷発行

著　者　　夏雪なつめ

発 行 人　松島滋
デザイン　西村弘美
D T P　久保田祐子
編　　集　森上舞子
発 行 所　スターツ出版株式会社
〒104-0031
東京都中央区京橋1-3-1　八重洲口大栄ビル7F
TEL　販売部　03-6202-0386（ご注文等に関するお問い合わせ）
URL　http://starts-pub.jp/
印 刷 所　大日本印刷株式会社

Printed in Japan

ISBN　978-4-8137-0213-9　C0193